기타와 바게트

기타와 바게트

시인수첩 시인선 035

리호 시집

문학수첩

| 시인의 말 |

꽃가루가 심하게 날려서 냉장고를 살 수 없다는 전화를 받은

어느 행성에서의

신의 잠꼬대

2020년 전 리호의,

리호

| 차 례 |

1부

2부

3부

4부

1부

허들링의 황제들

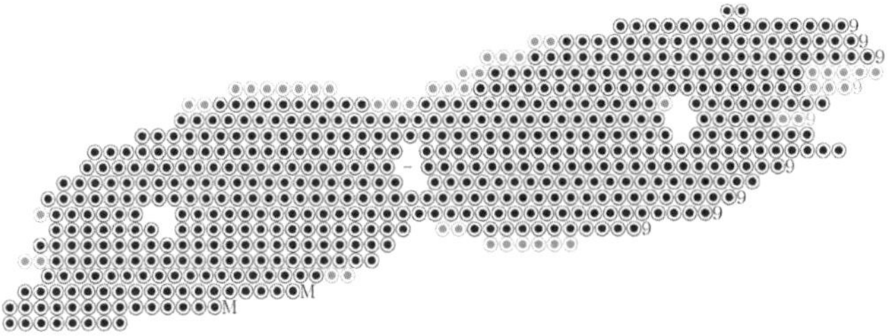

루브르 박물관에서 길 잃은 늑대가 우연히 발견한 전생

묵향

장차 이룩할 수 있는 세상을 상상하는 내가 미친 거요
아니면 세상을 있는 그대로만 보는 사람이 미친 거요
나는 돈키호테, 잡을 수 없다고 하는 저 하늘의 별을 잡는
적도의 펭귄 0

벼루에서 부화시킨 난에 하얀 꽃이 피었다

마모된 자리를 찾아 B플랫 음으로 채웠다

제 몸 갈아 스민 물에서 서서히 목소리가 자랐다

노송을 머리에 꽂고 온 사향노루가 어제와 똑같은 크기의 농도를 껴입고
불씨를 건네는 새벽

그늘을 먹고 소리 없이 알을 낳는 스킨다비스 줄기 끝에 햇빛의 발걸음이 멈춘 그 시각
무장해제 된 상태로 소파에 누운 평각의 그녀가

봉황의 눈을 깨트리며 날았다

익숙한 무채색으로 난을 치듯 아침을 그렸다

향 끝에 끌어당긴 빛으로 불을 놓으면 곱게 두루마기 걸치는 묵향

단테가 잠시 머무르기로 한 지상의 낙원이 검은 호수 속에서 걸어 나왔다

156페이지, 신의 잠꼬대 편

마법사 오즈를 찾으러 가자
두뇌가 없는 허수아비, 심장이 없는 양철나무꾼
용기를 얻고 싶은 사자
나는 도로시, 집으로 돌아가고 싶은
적도의 펭귄 1

마다가스카르에 가면

우리의 상식을 깨는 동물들이 참 많지
사막에서 사는 게의 이야기
둘 중 하난 죽어야 하는 운명을 타고났다고 하면
누가 죽을까?
게를 너무 많이 잡아먹어서 게를 수없이 그린 이중섭처럼
사막게를 잡아먹고 홀로 남은 게는
그녀의 초상화를 그릴까 그의 누드화를 그릴까
아니면 전갈을 불러들여 볼까
보름달 면사포를 쓰고 혼인댄스 마친 암컷 전갈이 자른 수컷의 목은 무슨 색일까
새를 먹는 타이거피시는 어때?

아니지 유황 가스 속에 사는 새우는 뜨거운 명함을 팔 수 있을까
그도 아니면 심장까지 훤히 보이는 투명 개구리는 어때

우리가 사는 세상은 말야
상식을 깨는 일들이 참 많아
북극곰과 남극 펭귄의 만남이
가당키나 한 일인지는 신께 물어보자고

이따금 안개 뒤덮인 불면의 사막에서
북극곰의 손을 슬며시 잡고 잠든 펭귄이 있었다고 하니까

버닝맨*

꽃들에게 희망을 주러 떠나자
저 꼭대기 위에는 무엇이 있을까, 바벨탑에 아지랑이가 피네
나는 호랑애벌레, 나비가 되기 위해 시간을 걷고 있는
적도의 펭귄 2

사막 한가운데 모여 태우는 비법을 배웠다 염전 위 허허벌판에서 모래 풀무를 불러 모았다 360도 회전하는 몰드에 화장 끝낸 계절을 넣고 불을 지폈다 목각으로 만든 거대한 모형인간을 몰드 위에 세웠다 문명을 거부한 아담들이 하나둘 모여들었다 모래바다에 비스듬 잠수함을 띄우고 알몸에 검은 깃털을 심어 흑조를 완성했다

당신의 영혼만 있으면 우주가 완성된다 파우스트에게 전수받은 잘못된 노하우를 버렸다

파이어댄싱에 소질이 있는 펭귄이 날개를 폈다

부엉이 눈을 단 호모사피엔스 무리가 거대한 사막을 에워싸고 있다 축제가 끝나는 날 불타는 소유들은 자유를 얻을 것이다

단단하게 굳거든 진공의 지구라고 불러 줘

재가 되는 비방에 대해 전당포 주인에게만 귀띔해 줬다

* 매년 여름 미국 블랙록 사막에서 열리는 행사로 래리 하비가 창립했으며, 2.4미터 나무 인형을 태운 것이 시초가 됨. '나눔과 공유'의 무소유 정신으로 일주일간 자유와 창의, 공동체 정신을 기르는 축제.

다리 세 개 달린 탁자

사랑해서 함께한 게 아니야
더 사랑하려고 함께하는 거야
나는 푸, 멋울림을 곰 세 마리로 바꾸는 것이 신나는
적도의 펭귄 4

하루 한 끼 정도는 같이해요
탁자가 기울기 전까지 서둘러 식사를 끝내요
노릇하게 잘 구워진 태양에 새가 앉았네요 삼족오라고 불러 달래요
샤토 디켐 한 잔과 열다섯 가닥의 바람이 절묘하게 새겨진 나이프
오늘의 특별요리는 북두칠성이네요
긴 막대 하나는 스페어로 가지고 다녔으면 해요
탁자가 기울면 그것이 필요할 거예요

열 살 적 생일 선물로 세 발 달린 개에 대한 설화를 들었다
복을 가져다주는 이야기였다
이야기꾼이었던 아버지는 그해 가을
웃자란 새벽 까마귀를 따라가셨다

성격도 참 급하시다 우는 방법을 익히기도 전인데

태양의 흑점이 폭발할 때마다 알 낳는 까마귀 소리가 들렸다

미완성의 탁자에 아버지가 다녀가셨나 봐요
오늘따라 아이가 검은 콩자반을 칠칠맞게 뚝뚝 흘렸어요
아무 이유 없이 눈물이 나요
이제 긴 수업을 마쳤어요

기타와 바게트

네가 이미 알고 있는 것을 찾아
그러면 스스로 나는 법을 깨닫게 될 거야
나는 조나단, 더 이상 빵부스러기에 연연하지 않는
적도의 펭귄 5

흔해 빠진 스트라이프 팬티는 사양할래
더 이상 그녀의 젖가슴이 떠오르지 않거든
쇄골과 골반 안쪽에는 맹수들의 공격을 피할 수 있는
검은 눈동자 문신을 그려 놓았어

유명한 빵집 앞에서 22분을 기다려 바게트를 샀지
비스듬히 칼집 넣은 중간중간에 오후를 채워 넣었어
빠삐용의 죄수복에도 붉은 칼집이 들어간 것을 아나?
찢긴 나비의 날개 조각들이 채워져 있던 걸로 기억해

낯선 이들의 침입을 막으려 부적처럼 세워 놓은
검은색 기타 옆에 바게트빵을 기대 놓았어
여섯 개의 현에 매달린 그녀가 가는 잠에서 깨어나 한 입 물었지

후두둑 오후가 쏟아져 내리더니 이내 나비가 된 그녀가 웃고 있네

더 이상 스테레오타입의 섹스는 사양할래
가슴에 노란 빠삐용 문신을 새긴 그녀의 심장은
오른쪽에 있거든

툰드라의 눈

베르길리우스 익숙한 방에 온 걸 환영해
파인애플 넣은 매콤달콤한 떡볶이면 되겠나
나는 단테, 가장 부족한 재료인 시간을 요리하는
적도의 펭귄 6

값을 잘 쳐서 팔아먹었는지 어제가 텅텅 비었다 배고픈 출근길은 동지 무렵의 백야다

심장의 체온에 훨씬 못 미치는 눈빛은 사람들로 하여금 은둔자로 오인받게 했다 녹슨 자물통은 커다란 손마저 부도체로 만들었다 그때부터였으리라 사람들은 그들의 언어로 날 부르기 시작했다
툰드라의 눈

눈빛의 밀도를 함부로 책정하지 말아야 하는 이유는 온도 때문이다

툰드라 가는 길목에 키 작은 자작은 하얗고 맑은 눈을 지녔다 당신을 기다립니다 여기는 늘 익숙한 밤 지상의 낙원입니다 제 몸에 기생하는 차가, 검은색 돌덩이 하나

챙겨 가세요 심장에 암세포가 자랄 때마다 망치로 가루를 내어 마셔요, 자살세포로 만들어 드립니다 검은 반점들을 하나씩 잡아먹으며 자라는 기생초와 툰드라의 돌담길을 걸어 보는 건 어때요?

개기일식 중인 태양을 불러들였다 동공이 서서히 열린다

행동반경 내 공기들을 보호색으로 만들고서야 눈이 떠졌다

심장에서 눈까지의 거리는 얼마나 될까

그녀의 체온이 필요하다, 다시 눈을 감았다

조율

16층 천장에 장착된 스프링클러가 고장이 났다

장난이 심하군 베란다 창을 모조리 닫고 담배 몇 갑을 피워 댄 거야

시비 거는 방법이 아마추어네

그녀의 신음이 삐걱대 방음공사는 언제 하기로 했나 조사가 더 필요해

그래 맞아, 과거는 아플 수 있어. 너는 그것으로부터 도망갈 수도 있지만, 그것으로부터 배울 수도 있지 나는 심바, 머지않아 라이언 킹이 될 일곱 번째 펭귄

피아노 조율은 오후 4시로 해, 볕이 좋아

조율한 거 맞아? 음이 좀 깎였어
기사 양반, 오늘 아침밥을 비스듬한 자세로 먹었나

참은 시간만큼 왼쪽 아랫배에서 파샾 정도의 음이 나는군
방광에 가재 한 마리 키워 볼까

청렴한 집게로 제자리 지키는 것들에게 자릿세는 꼬박꼬박 받아 냈나

세금 잘 내는 석송령에게 한 자리 내어줘 봐 조용한 게 그만이야

프로의 세계에서 최고의 협상가는 조율사라 부르기도 하지

노아

숲이 나무에게 말했다
네가 나의 아들인 것처럼 그 소년은 너의 아들 같은 존재지?
나는 아낌없이 주는 나무, 다 주고도 줄 것을 또 찾는
적도의 펭귄 8

덜 끓인 물로 커피 타지 마 물 위를 핥는 포말이 근사한 해무 같잖아

날씨가 좋아 팔이 자꾸 길어져

계시를 받은 자들이 지각을 뚫고 올라오나 봐 손끝이 간질거려
엎드려 부항 뜬 자리마다 날개 있는 것들을 한 쌍씩 넣었어

40년 동안 사막에 비가 내렸던 것을 알았을 때 이미
환란의 계절이 지나 버렸어

나비는 왜 암컷만 남아 있을까 노아,

찾아 줘 데인 날개를 치료 중이야

문이 닫힐 시간이야 옆구리가 따가워
꼭대기에 있는 유리창 틀에 앉아 사막 폭풍 지나기를 기다릴게

모래알 하나하나 박힌 업이 모두 날아가면
파묻힌 몸이 저절로 빠질 거야 노아,
이제 스스로 던진 죄를 용서해도 좋아

문을 열고 간지럼을 느껴 봐 웃으러 오는 봄이 저만치 손 흔드네

인간에게 치명적인 다섯 번째

죽일 거야, 내 마음에 당신이 다시 태어날 수 있게,
그렇게 반대로 죽일 거야
나는 제제, 라임오렌지나무에게 일러바치러 가는
적도의 펭귄 9

10만 원어치의 코끼리를 빼내는 중이다

코끼리 떼가 현금지급기 속으로 언제 들어갔는지 아무도 모른다

소리가 빠르거나 높을수록 보시한 기억으로 만든 풍등이 높이 떴다

병원 로비 나란히 네 개 붙은 철제의자는 바리케이드로 제격이다
쉰들러리스트처럼 구원을 기다리는 아침이 촘촘하게 9를 만들어 뒤통수를 민다

현금이 인출되었습니다, 할머니, 단어 세 개를 부를 테

니 그대로 말해 보세요
얇은 종이 화석이 된 그녀가 긴 코를 펄럭인다

우산 잃은 기억에 비 내리는 중이다
커피자판기 앞에서 손목시계 초침을 넣고 비옷 하나 빼냈다

뭐라구? 십만 원으로 구만 원짜리 뭘 샀다구?

내일의 일용할 양식은 하얀민들레죽이다

그러니까 나는 목돈을 만진 적이 없어, 코끼리 빤스 하나가 그렇게 비싸?

서쪽 하늘을 접어 만든 모자를 쓰고 약도 없는 밤을 걸었다

기억 저장고의 미스터리

취하는 나무에 대한 이야기
곤드족 사람들은 마후아나무 꽃으로 병도 고치는 약술을 빚었지
너무 많이 마시면 생김새가 바뀔 수도 있어
나는 마후아나무, 당신에게 술 한 잔 건네고 싶은
적도의 펭귄 10

갈증 난 새 세 마리가 등걸에 이제야 앉았네
사막에서 만나기로 한 날짜가 약간 비껴갔네
우유를 먹을까 뚜껑을 따자 하네

사막에서 온 거나하게 취한 새
동토의 땅이 내키지 않아 뜨거운 벽돌을 수집하는 새
얼음을 찾아 적도로 가는 미친 새

마후아나무 꽃을 따러 가자
그는 벌써 취했군 붉은 새가 되었어 꼬리 물고 다니던 낙타 녀석은 잘 있나?
당신은 기분이 좋아 보여 명품 벽은 얼마로 딜을 했나
난 두통이 감쪽같이 사라졌네 남은 약 아까워서 어쩌지

출입구가 세 개인 저장고에 대해서 눈치챈 이들이 몇이나 될까
명단 잘 적어 놔 써니호 출항이 다가오고 있어

자꾸 배가 고프고 졸려 대신 먹고 대신 좀 자 주게, 메모리 공유가 필요한 날이야
재작년 따 놓은 목련빵이 그득할 거야 세 번째 칸이야
봄이 와서 침대 위치 좀 바꿔 봤어 문을 열면 바로 보여

주파수가 다른 보보스족이 미어캣의 눈으로 물어 올 거야
잊지 마, 건방진 눈웃음 한 방 날리면 끝나

위장의 법칙

마법사가 여장한 헤라클레스가 되는 것은 곧 위장이다
마지막 단추 문양은 입 벌린 사자의 머리다
길게 늘어진 갈기는 황금빛 웨이브여야 한다
오늘 새벽 기상특보에 급히 추가된 법칙

타이거피시는 나는 새도 잡는다
물고기로 위장한 호랑이가 물빛을 낸다
꺾인 새의 날개는 바이올린이 위장한 활이다
활이 알몸으로 떨 때마다 새의 울음이 바다에 퍼졌다
황금 깃털이 반짝일 때 호랑이가 날카로운 이빨을 드러내며 날아올랐다

목울대를 건드린 현들의 열한 번째 제물

치즈로 가득 찬 N창고를 찾았어, 인생이란 길을 잃고 헤매기도 하고 막다른 길에서 좌절하기도 하는 미로와 같지
나는 허, 시간이 좀 걸리더라도 분노를 헤치고 올 헴

을 기다리는 적도의 펭귄

눈 덮인 자작나무숲에 알비노 사슴 한 마리 펄펄 뛰어내린다
위장이 아닌, 혹여다
사람들은 간혹 혹여를 위장이라 믿었다
투명한 눈을 흰색으로 읽거나, 눈 모양의 테루테루보즈를 걸어 놓고 비가 그치기를 빌기도 했다

겨자색 망토를 걸치고 눈 내리는 광화문을 걷기로 한다
해바라기씨 듬뿍 든 호떡을 먹는 이들과 눈이 마주친다면
빨간 망토 차차가 위장한 것처럼
폭발적으로, 이빨을 드러내며 씩.

폭설의 카르마

넌 미쳤어. 그런데 그거 알아?
멋진 사람들은 다 미쳤다는 거
나는 앨리스, 나만의 지도를 만들러 원더랜드로 가는
적도의 펭귄 12

동풍이 부는 묘시에 감각의 별에서 베드로를 찾아

눈에 갇혀 나오지 못한다고 전보를 쳤다

토끼의 눈에서 알츠하이머 병원체가 발견되었다

오래된 병은 주황으로 분칠한 목성으로부터 매달린 사내가 있는 해왕성으로 전이되었다

건망증이 심한 물고기는 심곡항에서 뿌리를 키우며 살고 싶어 했다

실종 신고의 절차를 미리 알아 두라고 전했다

정수리에 주홍글씨가 박힌 토끼를 안았다 죽은 누이가 생각났다

오미자 술이 점점 달아오르면서 머리가 허공에 잠겼다

최종 선고공판이 열린 날 네 글자가 적힌 전보를 받았다

폭설은 다섯 가지 죄목으로 오버로크 친 섬에 유기되었다

베드로에게 묻자 눈이 다 녹기 전까지 나를 모른다고 했다

검은 산호

오필리아의 그림자 극장에 온 걸 환영해
그림자장난꾼, 무서운어둠, 외로움, 밤앓이, 힘없음, 덧없음
이름도 특이한 그림자들은 모두 내게 온 친구들이지
나는 오필리아, 빛의 극장을 곧 열
적도의 펭귄 13

살아 있는 길가에 죽은 나무를 심었다
미친 새라고 수군대는 것들의 숨을 일일이 받아 적었다
움직이는 길 롤러코스터를 타고 삼송역에 닿을 때까지
중간중간
검게 변한 바다의 곁가지를 꺾었다
가지 하나 꺾는다고 나무가 울 리 없지만
항소심 내용을 보면
침묵했던 산호의 인장이 군데군데 찍힌 흔적이 보인다
원래의 뼈가 숯가루처럼 펄럭였는지
바람이 검은 외투를 벗어 걸쳐 준 것인지
바닷속 편의점 알바는 쇼윈도 밖 스치는 것을 보았을 뿐이라고 증언했다

심장으로 향하는 산호의 뿌리는 배꼽이다

손톱으로 배꼽을 파는 습성이 생긴 후로 달이 다녀갈 때마다 배가 고팠다
파낸 자리에 노래를 뿌리고 숨을 불어넣었다

황톳빛 길가에 멜라닌이 풍부한 검은 산호를 심었다
긴 머리칼이 고래 꼬리를 묶어 깊은 단잠으로 끌고 가기도 했다

바다를 뜯는 헤밍웨이

갈증 난 바다가 노인을 먹는 아침
부슬비가 내렸어
비둘기는 어디로 갔지

닭살이 된 수면 위로 수레를 끌고 가면 가슴이 울렁거리지 찰랑대는 페트병 애먼 놈 새치기할세라 가자미눈은 두 배로 바빠지지 삐딱하게 시비 거는 바다에도 골목이 있는 것을 알아? 담벼락 따라 근성 있게 집을 짓고 있는 수작들

어니스트, 오늘은 몇 마리의 비둘기가 당신 뱃속에서 구구거리는지 빗소리를 빼고 듣고 있어 배고픈 소크라테스처럼 귀를 쫑긋 세우는 나는 바다를 먹고

세상아 물렀거라 세단이 나가신다

다시 배에 힘을 주고 파도를 밟지 칸트를 닮은 시간이 주섬주섬 옷 걸치고 퇴근할 무렵 바다는 고요해지고 배

불뚝이 수레 둥둥, 종일 삼립크림빵 기다리는 지하 단칸
방으로 돌아오는데

밀려오는 허기 물끄러미, 꼬리지느러미조차 잡기 힘든
바다에서

노인은 내일을 뜯어서 묶곤 하지

사면

준, 올해도 어김없이 마지막 날 북해정에 가자
주인은 힘내서 살라는 말 대신 '고맙습니다'라고 해 줄 거야
나는 우동집 주인, 묻지 않고 세 덩이로 2인분의 우동을 삶는
적도의 펭귄 15

오차라는 나무에 관한 이야기를 나누던 중 가지에 비가 내렸다
참값을 정확하게 구하기 어려워 생긴 이름의 나무
비를 몰고 다니는 구름과 바람이 사소하게 부린 우연
오차의 값은
나무가 안다고 했다

조금 살 붙여 전한 새를 용서할 수 있거나, 빗물의 양을 측정하기에 바쁜 나무에게 시비 걸지 않고, 구름의 관성을 무시한 채 진로를 바꾼 바람에 관대할 수 있다면 난 기꺼이
나무 열매의 도난에 대해 침묵할 것이다

사막의 심장과 툰드라의 눈으로 만든 피라미드의 초인

종을 누르면
삼 분의 이 지점에 맛있는 과일을 손에 들고 훨훨 나는 나비 한 마리

오차라는 나무에 관한 이야기를 듣던 중 별이 내렸다

우리는 이따금 빗물의 오차를 나무에게 묻지 않았다

표준 사이즈

당신과 한 달에 만 분을 통화를 해도 짧은데
오늘 아침 걸려 온 1분짜리 고집투성이 그와는 숨이 막혔어
이것이 상대성이야
나는 아인슈타인, 모든 것이 기적이라고 믿는
적도의 펭귄 16

남들보다 생각이 좀 길다는 이유로 타박을 받으며 자랐다

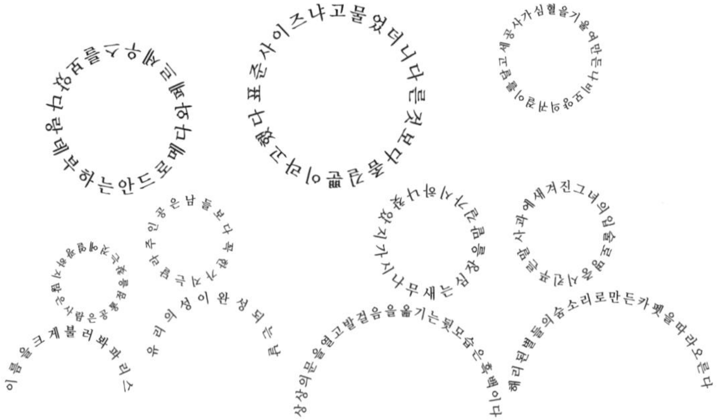

남들보다 눈빛이 좀 길다는 이유로 난 여왕의 대관식에 서게 될 것이다

스틸, 컷 1125

수평선 근처 장기 투숙한 부랑자에 관한 미스터리 영화
오프닝시퀀스는 승천했던 별이 헤엄치는 장면으로 시작되었다

젖멍울 잡힌 수컷 두루미들이 댓잎 하나씩 붙들고 꺽꺽대는 밤
잘 차려입은 슈퍼문이 만조의 우주로 클로즈업되면
금성과 화성 사이의 간이역 옥천은 분주해진다

직행열차로는 갈 수 없는,

S#1125
넌 누구도 갖지 못한 웃을 줄 아는 별을 갖게 될 거야
별들이 아름다운 건, 보이지 않는 한 송이 꽃 때문이지
어딘가에 샘을 감추고 있는 사막처럼
나는 어린왕자, 장미에게 줄 맛있는 물을 찾는 적도의

펭귄 No.17 (NAR*)

블랙홀을 지나 태양계 바다에 떨어진,

개찰구 밖은 밀도가 같은 마중과 배웅으로 오버랩 되
었다

아귀 닮은 해무가 한입 가득 어둠 머금을 즈음 바닷속
플랑크톤이 별로 둔갑해서 손짓할 즈음

어머니는 미숙아를 바다에 던졌다 붉은색 이니셜 새겨
진 태반이 부표처럼 유랑한다

탑승 못 한 우울이 플랫폼 등받이 없는 의자에 홀로
앉아 있다

또 몇 해를 새우처럼 머리에 심장을 얹은 채 막막한
암호 풀 궁리를 하나

진눈깨비 날리는 간이역 옥천에는 별 무리 우르르 헤

엄치듯 내리고 누군가는,

꺼억 꺼억 팔삭동 우울을 남겨 둔 채 완행열차에 오를 것이다

* 내레이션.

적도의 펭귄

— 열여덟 번째 기타와 열아홉 번째 태양에 관한 보고서

만조가 닫혔다 기타를 들고 선착장으로 간다

태양이 둥근 형광등 안으로 빨려 들어갔다

노래를 끝낸 돌고래는 꼿꼿한 등지느러미를 꿈꾼다
울부짖는 늑대 뒤로 무인도가 떴다

바람 불지 않는 인생 어디 있을까 바다는 매일 태어난다고 사기를 쳤다

낮을 등에 지고
훨훨 기다가 돌부리 걸려 등 굽은, 새를 사람들은 펭귄이라 불렀다

달을 배불리 먹은 바다가
시간으로 빚은 화병을 가마에 넣고
낮을 갈아 만든 대나무로 초벌구이했다
마디가 꺾일 때마다 하나둘 초침이 돋아났다

오래 비워 둔 집에 무사히 도착했다
얼었던 손가락으로 형광등을 켠다

거실 바닥에 날개가 접힌 심해의 우주가 별이 되어 출렁거린다

간조가 닫혔다 달을 캘 시간이다

이니피(inipi)

창문 너머 잎새가 흔들려 오늘 또 한 잎이 떨어졌어
나는 베어먼, 울고 있는 그녀에게 맛난 빵을 구워 주고 싶은
적도의 펭귄 20

움막 앞은 오늘도 삼나무 태운 향으로 그득했다
그녀가 방문할 때마다 우주가 따라왔다
중앙에 벌겋게 달궈진 행성들은
뿌려진 비를 먹고 색색의 안개를 푸푸 쏟아 냈다

안개를 덮고 오른쪽 심장은 편안한 오침 중이다
두 시간이면 새로 태어나기에 충분하다

몸에 사막 모래 내음의 솜털이 자랐다

낙타를 타고 간 시인의 움막은 어디쯤이라고 했나
칼 소나기 다녀간 새벽 목 떨어진 목련처럼
그렇게 바람에 툭 예고 없이 간

아 자꾸 눈이 감기는데 조금 더 자면 안 될까

그럼 더 쉬세요 낙타의 뼈 곁에서 주무시는 잠을 허락합니다*

뼈, 눈이 부셔서 잘 안 보여 낙타의 뼈가 원래 이렇게 환했나?

목련꽃은 말야 떨어질 때 예고를 안 해서 매력이 없어

무궁화처럼 질 때를 알려 주든지
핑크스타처럼 오래오래 피어 있든지

* 김충규 시인의 「낙타의 뼈」에서.

북극곰과 펭귄

이 세상에는 위대한 진실이 하나 있어, 마크툽! 신의 생각대로
무언가를 간절히 원할 때 온 우주는
소망이 실현되도록 도와주지
나는 산티아고, 내가 믿는 보물을 찾기 위해 나비를 쫓는
적도의 펭귄 21

하얗게 타서 날아가는 글자들의 무게는 21그램이다

우주의 수로 만든 가로등은 제집으로 돌아가는 영혼들의 길옆을 지켰다
북극곰은 교황 프란치스코의 눈을 닮은 패를 지녔다
무슬림 소년의 발에 입맞춤하는 것을 보고 펭귄의 발을 씻겼다

나의 카드는 늘 곡선을 꿈꾼다 마음의 길을 읽을 때마다 백야다

잡을 수 있다는 것이 축복인 걸 깨달았을 때 노을이 무겁지 않은 곳이면 좋겠다

일어서서 뛰어 그리고 날아 세상의 아픈 영혼을 위로해 왜 자꾸 잊어 당신이 이 세계를 차지한 이유야
퀸 알렉산드라 버드 윙의 페이스메이커는 갈비뼈로 만든 깃털을 머리에 꽂은 로빈후드다

고소공포증이 있는 그와 폐소공포증의 그녀가 만나 마천루의 섬으로 간다
85초 논스톱 엘리베이터는 웜홀이다
터널 건너 적도의 하늘에 도착하면
흰 소와 붉은 사자가 월계수 잎으로 만든 마차를 대기시켜 놓을 것이다

마크툽! 하고 외칠 때마다
날아갔던 글자들이 0그램의 무게로 적도의 하늘 아래로 모여든다는 소문 속에
화이트홀을 빠져나온 북극곰과 펭귄이
등대로 승격한 가로등을 세우고 있는 모습이 종종 목격되었다

2부

건조한 악기

건조한 섬 주위만 탁월풍처럼 돌았다

백과사전을 다 뒤져도 웃는 방법이 없어 거울을 보기 시작했다

꽃물 든 바다 위로 밤새 탈고한 바람이 걸어간다

당신의 무거운 불면을 등에 업고 가게 될 거야

새벽을 부채꼴로 접으며 연착한 시간을 낚았다

건조한 무릎이 시리다

당신의 몸에서 첼로 소리가 났다

극장 옆자리

에베레스트섬이 뭍으로 가는 통로를 더듬거린다

손바닥을 전동 드라이버로 구멍을 낸 후 스크린을 내렸다
내 손을 잡고 눈을 감아, 영화가 시작되었어

무지갯빛이 아니어도 코올! 두꺼운 벽이라도 오우케이!
내게 검은색 긴 통로만 찢어 줘

손을 살짝 맞대고 룸바를 추며 구멍 난 손바닥에 당김음을 넣었다
키득대는 스커트 끝을 잡고 들어간 진공의 지구에 활엽수를 심었다

스펑나무 뿌리가 칭칭 성벽을 침투했다

불을 지르면 벽은 허물어지지

성장 억제 주사를 맞을 계절이 왔다

뿌리는 천천히 자라 섬을 데우고
에베레스트섬은 서서히 녹아 바다가 될 것이다
내 손을 잡고 눈을 떠 봐. 영화가 시작되었어

틱틱

갈증 난 몸에 스파이가 다녀갔어 오른쪽 눈이 한 달째 맵다

링게이지를 가져와 보세요 당신의 통증은 22호쯤 되나요

11시 방향 비스듬 누워 폭염과 내통한 방화범의 전설을 듣다가
가려운 눈 칭칭 목에 감고 잠이 든 달

태양을 먹고 싶은 날은 대부분 축축해

짐바브웨의 프러포즈 멘트[*]를 생각하며 옥수수를 먹다운 날도, 태양은 수염을 키우느라 분주했다

암호명은 틱틱, 물뿌리개를 붉은 머리 스파이에게 건네주세요

입가에 설탕을 묻힌 통증이 자꾸 암호명을 대래요

당신이 주문한 옥수수를 구하러 괴산에 가고 있어요
프러포즈 반지가 자꾸 빠진다고 틱틱거리는 가려운 달을 무릎에 앉히고

* "당신은 옥수수를 자라게 하는 햇빛과 같습니다."

크롭

당신의 얼마쯤이 노랑일까
온통 연두인 몸에서 프리지어 향이 나
향을 모두 마시면 진초록 소녀가 오랜 잠에서 깨어날까

난 건조한 묘사가 좋아
칙칙한 관념은 눈으로 쳐내 사월의 가장자리를 반듯하게 잘라 샌드위치를 만들 거야
손톱 깎듯 너무 깊게 욕심내지는 마

아프다고 하는 것들은 이끼의 빛을 띠지

캘리포니아는 지금 몇 도야? 덜 익은 오렌지를 따야 해
아침 식단이 별로였을까 초록을 잘못 도려냈어
갑판 위가 온통 노랑 천지군

당신의 두꺼운 기억을 벗기는 중이야 바짝 자른 손끝에 쓴맛이 따끔거려

마요네즈는 따뜻할까?

재료가 다 준비되었어 이제 비만 오면 완벽해

처음 만났을 때 노릇노릇 웃던 소녀에게 시식의 기회를

자, 한입 먹어 봐 기가 막힌 사월이야

부재중 이메일

친애하는 주파수 도둑에게

비가 올 때 특히 주의했어야 했는데, 샜어
날개형 가리개를 착용해도 소용없더군
눈치채지 못하게 끊어 읽었는데 보폭의 색깔이 좀 진했나
시간에 차인 멍이 발목에 동선을 그려 놨어

몇 바퀴짼가 바로 경도를 찍어 불러 봐
적도에 가려고 24시 편의점에 들러 안테나가 내장된 캐리어를 장만했지
계산대에 올려놓기가 무섭게 깨지기 쉬운 기억이 지퍼를 열고 나왔어

어제 먹은 욕은 몇 칼로리쯤 될까

여름 내내 굶었어 주파수를 따먹을 공복의 계절이 구구거려

새치기의 묘미를 뱃살이 풍만한 순으로 읊어 댔지
비둘기는 배고픈 자들에게 보이는 신의 형상이라고 간디가 그랬지

월계수 껍질을 벗고 날아오른 알렉산드라 버드윙이 날개를 퍼덕일 때마다 황금 주파수들이 쏟아져 내려
텃새 무리는 뾰족한 부리를 쳐들고 닫히기 시작하는 하늘 문을 쪼아 댔지

그때부터 당신의 현상금이 수천 배로 뛰었어

이 메일을 받으면 바로 연락해 당신의 얼굴이 몹시 궁금하니까

새우깡 주문하는 남자

뾰족한 고집으로 괘종시계를 만들었다
바람이 새벽 3시에 앉아 삐걱댄다, 다리 사이로
그녀는 메뉴판에 없는 리라를 부르라고 졸랐다

시간은 노란 음만 수십 번 튕겼다
타임아웃을 외친 벽이 얼룩무늬 혀를 내밀었다
열세 개의 달로 수상한 입맛을 만들고, 나머지는 손목 시계에 보관했다

새우는 싫어하는데 새우깡만 찾는 나의 마시멜로
뚜껑 열린 세탁기가 현관 밖에서 술주정뱅이처럼 서성거렸다

말랑한 것들이 병에 자주 걸린다

건조버튼만 눌렀는데 소리는 늘 헹굼을 동반한다
지배인, 여기 딱딱한 새우깡 둘 포장 부탁해요

주문한 바다를 안주머니에 넣고 알람을 급히 불렀다
알몸의 자정이 베란다 의자에 앉아 말라 갔다

아르키메데스의 나선처럼
플레어원피스 입은 그녀가 하얗게 리라를 켜고 있었다
고친 의자를 그녀 옆에 두고 현관문을 닫았다

들어 봐, 갈대

성수를 부어 물의 문을 연다

조금 늦게 오는 중이라고 하네, 예의 있는 것들은 다르지

들어 봐 상드,
검지로 목을 두 번 튕긴 게 맞나
40도에 정확하게 맞춰 봐 난 직선인 흡수가 맘에 들어
(쇼팽, 비가 오는 밤이야 등대에 내리는 빗방울을 잘라 비빔국수를 해 먹을까, 너무 맵지 않도록 설탕을 적당히 넣어 줘)

불같은 그녀가 어젯밤 구룡포에 뛰어들었어
밤 꼬박 지새우며 난 쇼팽을 후루룩 단숨에 들었지
해와 달이 바다로 지는 이유를 알겠나

감자를 캘 시간이 왔어 하얀 꽃이 피는 계절에 척박한 땅에서 자란 자갈들을 파내어

던져, 쇼팽을 만들어야 해

물에 비친 아홉 마리 용들이 쇼팽을 마시고 조금씩 취하네

오, 스피리터스! 자넨 어제부로 최고를 찍었더군 96은 떳떳한 슬픔의 도수야
꼬리를 숨긴, 맛도 향도 없는 개복치 닮은 그를 본 적 있다고 했지

킁킁, 냄새로 그를 확인해도 소용없어
향기를 태우며 그가 녹턴을 연주 중이야

인덱스

가로 그늘 사이로 사막이 걸어갔다

조산한 오아시스를 불순분자들이 어제라 이름 붙였다

달동네 생계목록을 적어 놓은 좀 슨 빙산은 일교차가 클 때마다 제 그림자를 떼어 먹었다

배고픈 기억이 가려울 땐 화이트가 필요하지

허름한 커피숍 그늘에게 모피코트를 벗어 주고

카페모카 크림을 내일이라고 우겼던
최근 기록을 쿡 꽂아 마셨다

덮어쓴 파일처럼 오늘이 사라지는
열두시에 서서 내일의 식단 목록을 찬찬히 읽어 내려갔다

밝은 시늉을 하다 사막이 되었다

겁도 없이
괜찮다고 했다

초성신공

그러니까 새해가 밝았습니다
단전을 모아 신공을 발휘해 봅시다

ㄱ_ ㄱㅇ ㄴㅇ ㅇㅎ[*]
그녀의 금관은 루시퍼가 변장한 박쥐

e_ ㅋㅋ ㅁㅅㅇㅇ E[**]
모서리를 양쪽에 두고 양반다리로 웃지 마세요

ㅈㅈㅎ ㅈㅍㄴ ㅈㄱ ㄷㅎㅈ ㅇㅇ[***]
제게 하얀 고무신을 던져 주세요
보늬를 찢고 나온 하이힐이 쌉소름한 애피타이저 중이네요

두 개의 아침을 찌른 주인공이 되어 봅시다

검거나 푸르다고 눈썹 문신을 고를 수는 없지만
어디에서든 우뚝 서 있기를

ㅅㄹㅎㄴㄷ ㄷㅎㅁㄱ ㅅㅍ ㅈㄱㅇㅇ****

태양의 심장을 무상으로 대여받은 첫날 앞마당의 어원이 아무도라는 것을 알아냈어요

그러니까 새해가 밝았습니다
눈을 모아 초를 만드는 신공을 발휘해 봅시다

* 각주라고 찍은 것들은 왜 하필 눈 모양일까 새해 첫날 눈이 오는 것은 꽤 슬퍼요
** 내가 알려 줄 거라고 생각한다면 집요한 당신에게 슬픈 장갑 한 켤레를 선물하는 것
*** 드디어 눈이 내리고 있어요 당신의 신공으로 심장을 만들어 줘요
**** 새끼손가락을 걸어요 그 심장 모서리에

체체*

잠자는 숲속의 공주 이름이 체체라고 했나?
오렌지로 물들인 뿔을 꽂고 열아홉 제제는 나무나무하게 달려갔지

닥터 K와 플로리스트 앤 군이 만났어 파티시에 오 군이 바리스타 L과 사랑에 빠진 직후 에키네시아를 꺾어 화관을 만들고 있던 앤 군의 손놀림이 탁해졌던 거야

벼락 맞지 않는 노나무로 만든 도마라고 했나?
도마로 만든 나막신에서 오렌지 냄새가 나

잘 시간이야 나막신을 신고 비 오는 나무 위를 또각또각 올라갔어

늦잠이 자라 우산이 되었지 하품할 때마다 커지는 우산

불면을 꺾으면 하늘이 된다는 게 신기해서 또 자장가

를 부르는 닥터 K

나막신이 어제 타고 온 나룻배였다고 L은 노를 젓듯 핸드드립 커피를 내리고 있지

* tsctsc, '소를 죽이는 파리'라는 뜻으로 사람에게 수면병을 전염시키고 가축에게도 나가나병을 옮긴다.

에베레스트섬

— 여름이 시작된다고 했고 에베레스트섬은 여전히 눈에 덮여 있다고 한다

썰물 때가 되었다
바다가 죽으러 가나 보다

일출을 보려고 키높이 구두를 신었다

새들의 노래를 뜯어먹는 섬의 아랫배를 조는 척 훑는 밤, 보름째 월경이 멈추지 않는다
섬이 섬에게 말을 건다
이보세요 에베레스트, 배가 몹시 고파 바다를 빨리 먹고 싶어
불법 유턴을 하라고 우아한 내 입으로 반듯하게 말을 해야 하나

높은 곳일수록 배가 자주 고프다

라일락이 되어 가고 있나 봐요 식은 바다에서 고래들이 연보라색 활을 들고 소풍을 나왔어요 바흐 흉내를 내려는지 첼로를 찾네요 첼로가 서 있던 쌈밥 집 버튼 소

리는 무슨 색이었을까요

아브라카다브라, 문을 여는 주문은 무반주다

바다의 독경을 고스란히 조판한 자장가 경전을 머리말에 두고 당신을 부른다

방목했던 기억이 체했나 봐요 당신 이름이 무엇이었죠
손을 따야겠어요 뾰족하게 죽은 바다가 밀려와요

체기 가신 녹슨 기억이 바다를 먹고 산으로 가 섬이 되었다

긴 하혈이 멈췄다 눈 덮인 섬의 뭉툭한 발가락이 녹기 시작했다

다리와 꼬리의 일교차

다리 달린 것을 모조리 불러 온도계를 만들었다
그때부터 나는 목구멍이 밝아져 변온동물이 되었다

깨지지 않는 것만 골라 집어 던지며 싸우는 은혜로운 부부를 상상해 봐

매일 아침 여섯시 당당한 엉덩이를 가진 여자가 차린 대리석 식탁, 삭막한 집은 늘 영상의 기온을 유지하지
지구방위대 합격을 기원하는 까망글씨 도장집 사장이 환하게 웃던 오후 여섯시

소원이 무거워 잠 못 드는 밤

땅강아지 앞발이 얼마나 강한지, 개구리 꼬리가 얼마나 그리운지

사과나무 아래 섹시한 포즈의 하프 켜는 이브가 그믐달이 된 밤

꼬리 달린 것은 계절마다 하나씩은 살려 두도록 해
지금부터 나는 귀가 어두워져 정온동물이 될 것이다

이어폰으로 따끈한 동시통역사가 들어왔다

사이다를 위한 엠바고

1월의 태양 그림자가 5월까지 늘어서 있을 때 엠바고 아직 큰비가 내리면 곤란해 졸다 내리지 못한 봄을 끌고 종착역이야 잠들지 말아야 할 때 엠바고 크고 작은 거품이 만든 열일곱 개의 이글루 샴푸 후 젖은 머리칼이 빙산처럼 따가운 사이다 한여름의 메콩강! 목소리에 방어흔 뚜렷한 장마전선 그림자를 잘라 만든 뗏목을 타고 덜마른 천둥 쏟아지는 중복 어귀의 온−에어 쪼아 대는 국지성소나기쯤은 무섭지 않아 옷매무새 가다듬는 사이다를 뽑아 든 캡틴들 물마루 오를 때마다 우비 색깔 고르며 톡 쏘며 살자고 엠바고

원형감옥*의 다다이스트

달빛은 수컷이다
(시리우스로 한지 만드는 방법을 물었다)
나는 밝아
당신이 서 있는 등대에 점멸등을 켜

달이 뜨면 허공이 수다스러워진다
(오팔 년 개띠를 누나와 언니로 나눈 자에 대해 취재 중이다)
감았다 떴다 감았다 떴다 자정이 되면 서서히
살아나는 자살세포들
나는 스스로 죽음을 택했고, 너를 살릴 것이다

너무 밝아, 묵비권 행사 하는 다다이스트
원형 바다였어
너는 무수한 별을 채워 밝았고 난 너의 흔적을 밟으며
소등을 했지

어이 마담, 여기 아방가르드 커피 투 샷으로 부탁해

살살 달빛 좀 녹여야겠어
나선형으로 웃는 것이 죄목인 그녀가 등대를 삼키고
있네

언니가 넥타이 매는 법을 매번 물었듯
누나는 새가 되는 줄도 모르고 올 풀린 봄을 가터뜨기
로 짰다
내가 언제
몸에 촛대를 꽂아 밝혀 달라고 한 적 있나
난 이대로 어둠이 적성에 맞아
건들지 마

깃털이 된 손가락에서 겨울 흙냄새가 났다
저수지의 개들 본 적 있어?
굿 이브닝 미스터 블랙! 마지막 갱스터가 되겠군
자 이제 파도의 백건을 쳐 봐 아주 겸손하게 말이지

차가운 입천장에 초승달이 떴다 오른쪽 귀가 가렵다

(오팔 년 개띠를 언니와 누나로 나눈 자에 대해 기록
중이다)
자신도 모르는 사이에 감시의 목줄을 건 검은 눈

입속의 말을 현상했다
한지 위에서 나비넥타이를 맨 새 한 마리가 날아올랐다
그녀가 자다 깨다 자다 깨다 한다

* panopticon.

나가는 곳 Exit Music

버리는 연습을 하기에 적당한 장소를 물색했다
해풍의 튼 손이 가슴을 울렁거리게 한다
에베레스트섬으로 오르는 산등성이 중간 지점에 베이스캠프를 치고, 마른 해초를 긁어모아 불씨를 지폈다

돌 틈에 숨어 있던 똘쟁이가 패총 속에서 젖은 화살촉 몇을 빼 왔다
섬의 어느 지점을 읽을까

무크, 불이 꺼질 때까지 태양을 기다리는 건 무리야
보름달을 먹고 눈물을 멈춰야 해 지구 평정의 날이 얼마 남지 않았어

구름의 지퍼를 내리는 뒷모습에 해무가 반쯤 걸렸다

기장 바닷가 언덕 붉은 바위는 노을이 가끔 들러 어제의 욕심을 게워 놓은 걸까

천연의 웃음을 얼굴에 들이기 위해 옷 하나씩 벗어야 한다는 것을 너무 늦게 알았다

손가락 사이로 빠져나간 섬을 읽는다

이제 바다로 연결된 지문을 열 시간이다

3부

부랴부랴 과속

야금야금 갈갈갈
배고픈 나이가 되면 가장 가까운 사람부터 잡아먹지
소식을 하자
재떨이 던지는 넘버투
이참에 대장을 잘라 내자

연락할 길 없는 나의 동무들은 시시하게 바다로 뛰어들고
공사장 레미콘은 왜 그리 잘 도는지 굳건한 내 등 같고
구름을 가지고 담배 연기 고리를 만든다고 자랑을 하던 교복 입은 맑은 소년들이

사랑하는 사람들이 점점 작아졌다

계단을 부랴부랴 내려갔다가 아침꾼 블루투스를 잊었다
다시 부랴부랴 올라왔다가 빨간 목걸이를 끌고 내려갔다

블루투스에서 새어 나오는, 태어나기 전 애인의 목소

리를 당겨 팔아먹었다

나팔 소리에 맞춰 새벽이 활활 빠져나오고 있었다

정체 중인 구름에 긴 터널을 뚫고 나팔꽃이라고 이름 붙였다

고객님, 과속구간입니다 곧 노령연금이 올 예정이오니 서둘러 터널을 빠져나가시기 바랍니다

하, 늘 색은 참 좋고
필요 없는 돈을 자꾸 주겠다는 대출 안내 전화를 팔랑귀 애인이 공중전화에서 걸었다고 착각을 하는 사이

턱을 쭉 빼지 못해 턱에 자란 긴 수염이 구름을 만들었다는데
주치의 몰래 먹었다고 거짓을 고할 때면 얌전한 양이 되는 것인데

40대라고 다 어른은 아니지 철분제를 아무리 배급받아 와도 철이 드는 건 아니고

그래, 30대는 엉덩이에 곤장 맞은 듯 샤브샤브하게 뜨거웠나

나의 20대는 목을 파느라고 잠을 잊었고

나의 10대는 빵을 파느라고 친구 이름을 잃었고

뜨거운 것이 좋은 나이가 언제였지

장화 신은 비상구털이 소녀에 대한 인터뷰

하루를 묵힌 것이 참새를 만나 야쿠르트 아줌마로 변신한 아침
실컷 자고 일어난 구름 속에서 꿈속의 비행접시를 찾아냈어

형광빛 탱크탑이 전혀 비행스럽지 않아

고르디우스의 매듭을 푸는 마돈나를 상상해

산수유나무 껍질로 인디언 문양 박아 넣은 청바지를 타고
여름을 울려, 내 것이야

난데없이 비를 몰고 온 새벽 2시 56분의 유에프오
설마 느슨한 웃음을 바란 건 아니지?

삐져나온 빗방울 발톱에 가위를 대는 떫은 꽃사과

황소 뿔로 만든 월계관을 쓴 심바를 상상해
붉은 칼로 잘 키운 갈기를 파는 새벽 2시 57분의 야쿠르트 아줌마

느긋한 자장가로 후리는 여름밤, 비 쌍피 굳은자를 내려놓으며

그녀, 카주 입술 심드렁

당신의 부자연스러운 보조개로 만든 미소가 오후 네시를 가리켜
눈동자에 사람 하나가 콕 박혀 있어 도려내는 걸 포기하고 한 시간을 보냈어
사기 잘 치게 생긴 카주다리 위에서 부는 평범하고 모범적인 카주, 입술이 심드렁한 오늘이 무슨 요일이었지

여름을 소환하는 제사장을 잡아오렴
지중해에서 한 팔 접영을 하고 있을 거야

평행이론이라고 불러 줘 당신의 체기를 내가 따 줄게 첫 음은 –시–로 할까?

스탕달도 쓰러뜨린 미치도록 독특한 그녀가 살 오른 음 하나 잡아먹는 밤
세상의 반이 당신의 O자 다리를 닮았어 업힌 등의 성분을 밝히지 말자

엎드린 어깨에 악보가 놓여 있네, 노출의 계절이야 연주를 해 봐

엇박자만 골라 먹은 태양은 가끔 강물 속에 오로라를 낳는다지

당신의 보조개가 또 심드렁해 벌브샷을 위해 한 번 더 웃어 볼까?

겸을 던지다

–도나 개

돼지 발바닥 모양의 전원 버튼을 손으로 누를 수는 없지 백수 겸 가장이라고 부르지 마 출가했던 옆집 처자는 어젯밤 현관문을 열었다지

–개나 걸

네모 칸 속에 하루를 몇 자로 속여 넣을 수 있는 건 예의 바른 심양뿐이야 검은 마스카라 아래 스모키 화장이 더욱 돋보인 수요일

–걸이나 윷

초록색 티에 이름표를 달고 착한 소불알을 흔들며 청보리밭으로 매일 나갔어 억센 풀이 그녀의 허벅지 살 같아 자꾸 걸그룹 노래에 눈이 갔지

–윷이나 모

은빛 도는 미끈한 발바닥 밟을수록 세지는 바람

가장 겸 대리기사가 모는 말이 편자 하나를 새벽에 몰

래 팔아먹었다는 쪽지를 건네받았어

–모나 빽도

대리기사 겸 글쟁이로 사는 옆집 처자에게 김치부침개를 얻어먹은 날

이어폰 고무 덮개가 빠진 거야 물렁한 소문을 뒤져 X를 수집하는 따위에서 날 좀 꺼내 줘

–낙이나 이어폰

열 발자국 안에서만 던져 눈이든 반지든 혹은 X의 목소리든

당신 겸 그녀가 오래도록 경계에 서서 7분짜리 기타 연주를 듣는 동안은

희희낙락

웃지 마, 아이가 자라 무럭무럭 자라
한 아이는 장갑을 팔고 노래를 불렀고 한 아이는 장갑을 끼고 고목 뒤에 숨었지
우는 법보다 웃는 법을 먼저 배운 게 겨울 탓일까 노래방 탓일까

잘못 알려 준 부푼 정석에 잘못 배운 정석을 덧칠하는 아이들

놀이터의 가격이 부풀었다

잠자리의 고추는 금빛으로 벌레의 바퀴는 진시황으로
날개에 호랑이 눈이 생긴 날 수다스럽게 웃었다

울지 마, 무럭무럭 자란 아이가 장갑을 사고 시집을 내고 고목에 다시 잎이 나고 곤룡포에 고깔모자를 썼다

오늘 아침 쌀이 떨어진 시인이 손목에 팔찌를 그리고

아이 찾는 전단을 뿌렸다

　한 아이는 학교에서
　한 아이는 등 뒤에서
　까르르까르르 엉덩이를 까고 오줌발을 키우고 있었다

잘 자라 우리 아가 앞뜰과 의자에서
별들도 냉동 밥도 잘도 자는데

기차 소리가 큰 다리부터 파괴하는 거야
다이너마이트는 오래된 순서부터 가져오고

수레바퀴는 네모 졸리는데 잠은 세모 슬픈데 하늘은 안구건조증

냉동 밥도 잘 자는 날
별을 삶아 먹을까

입술을 모으고 소인으로 대해 주세요 사모님
냉동 밥도 잘 먹일 수 있어요
땅콩카라멜쯤은 집에서 키워도 민원이 들어오지 않게 전화선은 급속으로 얼릴게요

자꾸 귀가 아파

슬슬 제자리 뛰기 연습을 해야 되겠다고 자장자장

수면제는 몇 층에 묻어 두었나 나무 십자가에 누운 발레리노
이제 그만 묵주반지를 빼

못에 못을 치고 옷에 옷을 덮고 테텔레스타이 숨은 비밀 찾기
–앞뜰에 동굴 달달한 돼지저금통 빈티지 액자

자장자장 의자도 잘 자는 날 이제 그림 속으로 들어갈 시간

엄마를 사고

골목 끝 집에서 아버지를 보름 치 샀다
엄마는 일찌감치 동이 났다고 했다

도우에 이름표만 얹어 520도 화덕에 넣었다
시원하다고 말하던 아버지의 말이 잘 구워졌다
잃었던 신경이 하나씩 돌아왔다
토핑 이름을 물었을 때 엄마가 사라졌다

지하 1층과 엘리베이터 사이에 고무 계단이 21개인 것을 간호사는 따로 설명해 주지 않았다
박카스가 필요했다
중간에 앉아 쉬려면 눈물을 흘려야 한다고 했다 쉬지 못했다 박카스는 동이 나지 않았다 지갑이 6층에 있다

엄마를 사러 간 아내는 계단에 앉아 울었다 실컷 쉬고 씩씩한 척 보름 치의 엄마를 사 왔다 싸게 샀다고 둘러대며 계단처럼 울었다
모르는 척 어깨를 두드려 주었다

세 번째 간호사가 불렀다

계단은 스물두 개고 고무 계단에 언제든 앉아서 쉬어도 좋다고 했다 울면서 엄마를 만들었다 엄마가 빙그레 에코백 안으로 들어왔다

포스트 잇

형광색을 잘라서 귀걸이를 만든 비둘기
향나무 열매를 쪼아 먹는 수컷의 밤은 어떻게 책임을 질까

젖은 바코드를 찾기 전 비가 오기를

가을로 앞치마를 만들어 단 드린딜을 입은 하이디
융프라우행 열차에서 지도를 깔고 코코아를 마시며 아코디언 연주를 듣는
사막 같은 낙엽이라야 해

잘못 붙였어 출생일이 달라
봄에 태어난 엄마는 가을에 태어난 나의 뱃속이 그립다고 노래를 불렀지

설산 아래 고개 까닥이며 언덕을 걷는 소 한 마리
바람이 요술을 부린 노래가 요들송이야
소눈깔이 맑은 이유지

바코드를 새기기 전
겨울이 오기 전
마감 종소리가 울리기 전

맛있게 오늘을 펄럭이며 형광색 귀걸이를 건 비둘기처럼

바다에 사는 소

제안 받은 권고사직을 안주머니에 찔러 넣고
덜 익은 술을 걸치고 들어온 날
아내는 내가 좋아하는 얼큰한 동태찌개를 다시 데웠다

침대 모서리에 술에 쩐 짝태가 누웠다
수분이 다 빠져 버린 그가 눈물 대신 내장을 모조리 빼냈다

춘태 추태 망태 조태 원양태 지방태 강태, 노가리 생태 동태 북어 코다리 황태,
먹태 백태 깡태 파태 골태. 참 여러 가지 배역으로 숨가쁘게 살았다

사라진 명태를 찾는 공개수배 전단이 동해에 걸렸다
눈치 살피다가 파도에 걸린 한 놈 잡아 뒷주머니에 얼른 넣었다
오늘의 드럼 수업 곡은 명태다
'며엉태! 으하하하하하'

바다에 사는 소 한 마리

아버지는 바다로 가신 후에도 여전히 바쁘다

호떡과 뽀뽀

상상하지 마세요 우리는 쌍둥이예요 둘 다 지루할 땐 푸른색을 띠죠

아빠는 비 오는 날 밤이면 까만 비닐봉지 흔들며 녹차 호떡을 사오셨어요 한입 베어 물면 달콤한 파도가 흘러나와요 현관에서 거칠게 뽀뽀를 찾아요 오늘 하늘에 구름이 많이 있던가요? 별 통통 뜬 밤도 아닌데 들릴 듯 말 듯 중얼거리는 파도 소리가 들려요

밥이 먹고 싶어 굶었어요 허기진 만큼 아랫배가 점점 부풀어 올라요 벨트를 잘랐어요 허리가 길어졌어요

밤도 낮도 하루도 점점 짧아져요 미니스커트 하나 장만하려구요

혹시 해가 반 토막 났나 모니터에 출렁거리는 사천진 바다에게 물었어요 알 수 없는 오류가 났다고 하얀 이를 자꾸 드러내요

또 어제를 토했어요 풀어진 어제가 회오리바람을 일으키며 짧아진 푸른 치마 속으로 빨려 들어가요

천천히 꼭꼭 씹으라고 주문을 했어요 오늘은 소화된 채 치마 밖으로 나갔으면 좋겠어요

호떡 세 개 이천 원 맞나요? 비 오는 밤바다가 자꾸 뽀뽀를 찾아요

천재지변

한 달에 한 번 달에 지진이 났다

반으로 쪼개진 달을 채우려 소녀는 낮을 들고 내내 흙빛 하혈을 했다

머릿속에 가둔 천둥을 쪼개도 폭우를 막지 못해

압류딱지 붙은 냉장고 속 음식으로 밥상을 차리면 벌금을 낼까
팔순 넘은 노모는 물밥으로 끼니를 때웠다

예보 없는 붉은 홍수를 찢어 책상 서랍에 감추고
범람한 봄은 바래기 전에 먹여야 한다

젓가락 끝에 듬뿍 걸린 민들레 초무침, 아들의 손에서 달처럼 웃는 무명실 꾸리

둥근 잠 속으로 침입한 천둥 조각이 매일 밤 입속에

흙을 낳았다
흩어진 초성의 앓는 소리가 진앙 위를 맴돌았다

얼마간은 여진이 계속 있을 걸 안다

다시 보름달이 떴다, 귀를 막을 시간이다

그렇게 폈다

기성복은 늘 겨드랑이에서 불협화음이 났다
아랫단에 묻은 비릿한 향에 대해서는 설명서를 따로 첨부하기로 했다

적도의 펭귄과 환상의 호흡을 자랑하던 쇼핑호스트는 오늘부로 완판녀로 등극했다
에베레스트섬이 녹고 있는 모습을 보는 것은 쉽다고 설득 중이다
피부톤 첨삭지도하는 비비크림처럼 그렇게 적응하라고 일렀다

설득하는 내내 안단 박음질한 상표가 목뼈 뿌리를 쏘아 댔다

지구에 적응했으면 좋겠다는 사람들은 자외선차단제 없이 끌끌댔다

새들의 언어를 습득하기 위해 뼛속을 긁어 냈다

무더위에 살이 붉다가 다시 하얗게 된 딸에게
썬텐하는 방법을 묻자
달이 기막히게 잘 보인다는 옥상으로 안내했다

적도로 진 달이 섬으로 솟을 때마다 얼굴에 마른버짐이 폈다

이번에는 조금만 '그렇게' 해 달라고 주문을 했다 구름 없는 하늘에 열꽃이 폈다

인디언달력을 표절할 시인들

月요일로 시작하거나 자궁으로 끝나거나 0으로 시작하거나 벼랑으로 끝나거나 A로 시작하거나 시집으로 끝나거나 ㄱ으로 시작하거나 당신으로 끝나는

도로 건너가거나 빨강으로 점을 찍거나 아인슈타인으로 건너가거나 봄으로 점을 그리거나 니체의 입으로 건너거나 뉴턴의 머리로 점을 잇거나 융으로 건너거나 동해물과 백두산이 마르고 닳거나

1월로 이불을 사거나 수성으로 가는 우주선에서 졸거나 오스트랄로피테쿠스의 잠꼬대를 받아 적거나 컴퓨터 앞에서 코를 골거나

석류석으로 친구를 만들거나 노송나무로 부활을 꿈꾸거나

슬로 진 사우어로 신문을 만들어 물병자리로 보내고 사과나무와 너도밤나무로 무엇을 만들지 고민을 한 뒤

3이란 숫자를 33번 써 보도록 하지요

333333333333333333333333333333333

무엇으로 보이나요 고흐의 귀, 바리케이드, 땅콩, 엉덩이, 거품목욕, 비둘기 똥, 묵주의 기도, 급식소 노인들, 인디언추장의 목소리 (괄호를 채워 보세요) (ㅇㅇ), (ㅇㅇㅇ), (ㅇㅇㅇㅇ), (ㅇㅇㅇㅇㅇ), (ㅇㅇㅇㅇㅇㅇ)

지나가는 길에 꽈리가 주홍 옷을 입은 꽈리가, 하나 땄지요 3인 줄 알았어요 따도 되는 줄

그래서 비가 내릴 거라고 33333 물방울 튈 거라고 물병에 가득 담아 사과나무와 너도밤나무에 물도 줄 거라고 사과가 열리면 반은 뉴턴에게 반은 코 고는 컴퓨터 팬 앞에 놓을 거라는

사과 향 바람이 불겠지, 13월에 지퍼를 열어 곰으로 태어난 당신을 꺼내겠지, 그래서 오늘이 월요일이겠지

머리에 깃털 하나 꽂고 피아노 앞에 앉아 시를 쓰는,

4부

위험한 중독

중독 3-5-16 베르길리우스 여행기

하얀 아기 사자였어 살짝 피했더니 뒤쪽에 암사자가 기다리고 있었지 계곡이라고 해 두지 아래는 강이 흐르고 있었고 아니 계곡이라고 해 둘 거야 산꼭대기 아니 벼랑 벼랑은 아니야 계곡의 끝이라는 말이 은근히 매력 넘치네 몸을 던졌지 아 그 짜릿하면서 자유로운 손끝을 독수리들이 부러워했을 거야 가볍고도 가벼운 몸이 새가 되어 나비가 되어 바람이 되어 반대편 황금의 벽으로 거미인간처럼 멋지게 착지를 하려고 했던 거야 전선 그래 검은 전깃줄을 잡고 올라갔지 인디아나존스의 주인공이 되는 건 얼마나 간단한 일이냐고

중독 41-1-15 택배 아저씨는 점심을 거르고

화부터 냈지 로마 여행은 이것으로 글렀어 망치고 싶지 않았지만 비가 온 걸 어떡해 상자는 젖고 샌드위치는 질척거렸지 식빵에 기름옷이라도 입힐걸

중독 2-25-16 채권자로 변신한 티라노의 왕

목을 조아리고 실실거렸어 20년 동안 밀림에서 군림하던 티라노의 왕이 어느 날 아침 갑자기 동그란 눈을 특별하게 반짝이며 손을 내미는 거야 숲이 없는 광야에서 살려면 돈이란 것이 필요하게 될지도 모르지만 지금 난 끈적거리는 담과 붉은 반점이 덮친 손등뿐인걸

중독 2-22-16 전화번호를 묻는 건 독서토론회와 상관없잖아

미로 같은 골목마다 똥이야 개똥인지 소똥인지 발 디딜 틈이 없어 내 구두 반짝이는 것 좀 봐 방금 구입한 듯 웃고 있잖아 어떻게 큰길로 나가야 하는지 똥똥… 어미는 연못으로 떨어지는 대들보를 같이 들자 하고 물고기들은 오늘따라 작아서 낚싯바늘에도 안 걸리겠어

앰뷸런스 16-3-10 중독자들을 위험에서 건져 내자

사이버콜라 초콜릿마약 알코올도박 니코틴종교 카페인성형 탄수화물일 인터넷음식 에멘탈치즈 프로포폴성 설탕게임술 운동활자 쇼핑관계 스마트폰

☆☆문학 시인☆☆ A423 마로니에 허공허방 푸른하늘 붉은노을 들숨날숨 씨줄날줄 오체투지 강나루건너서밀밭길을 내마음은호수요 삐요삐요 시와☆☆

중독 11-15-63 노아를 찾아내 어서 비둘기 발톱에 흙이 묻었나 잘 살피고

북극과 남극과 적도가 만났다
소케션막디로 행성에서의 펑퍼짐.

닥터 K 노시보 계시록

체온을 38도로 맞추고 다음 행성으로 이동한다. 이 계시록은 하늘이 화창한 옷을 입었을 때 봉인하고 달과 겹칠 때 해제한다.

베르길리우스의 모두발언으로 계시록의 첫 페이지가 기록된다.

숨죽인 자들을 불러 모아 거대한 빨판을 세운다. 모래 벌판이 1차 사해가 2차 에베레스트섬이 마지막 집회 장소임을 알린다. 꿈속을 지배하던 선지자의 주머니를 탁탁 털어 점심값을 계산한다. 마침표를 꼭 찍어야 하는 이유를 받아쓰기의 왕초에게 미리 알린다. 닥터 K 명찰 색을 지정하고 왼쪽 눈 아래 달아 놓는다. 오른 눈이 상할 때를 대비하여 계시록은 불펜에서 대기 중인 비서실장에게 복사본을 맡겨 둔다. 비밀번호가 기억이 안 날 때는 비너스의 날개가 겹치는 날을 거꾸로 계산을 해 보라. 물구나무선 자들아 눈을 감아 블랙이라고 외치지 말지어다. 빛의 굴절이 만들어 낸 세상에서 다섯 개의 갈림길 중 하나를 택할 때 너희 영혼이 다른 길로 갈지니,

닥터 K의 숨소리 중 붉은 것만 실로 빼낸다. 엮은 것들에 노란 물을 입히고, 뒷주머니에 넣어 둔 계시록이 발견될 때까지 비를 오게 하라.

156쪽을 펼쳐 스물두 개의 행성을 읽어 내라. 열두 개의 반지와 26개의 계시를 받아 적은 골짜기마다 아카시아꽃이 필진대,

다섯 개의 구슬을 꺼내어 스물다섯 개의 파도를 만들어라. A 행성에 흩어져 있는 닥터 K들에게 서신을 띄워라. 깃발 끝에는 모든 날짜의 통합을 알리는 투명 글자를 꽂고 헌법재판소에 계류 중인 밥 짓는 방법의 오류에 관해서 거친 숨을 모아 보자기에 싸라.

처방전을 찢어 약사에게 건네면 수요일이 월요일로 바뀌는 기막힌 사건을 경험할 터

쓰리아웃 체인지
체온을 38도로 맞추고 다음 행성으로 이동한다

어린왕자는 죽지 않았어요

안녕하세요 12번 방입니다 당신은 아직 태어나지 않은 상태입니다 무엇으로 태어날까요 열에 일곱은 새를 좋아한다고 해요 날개가 귀찮아 떼었어요 좀 재미없다는 생각이 들면 비행접시나 박쥐는 어떨까요

접어야 서는 것은 매력이 없어요 지상은 접어야 하는 것이 많죠 나이는 늘릴까요 성질은 죽이고 순수를 껴야 할 때가 가장 난감해요

소등 버튼은 투명하지
주어진 조도에 토 달지 마

오르가슴의 조도를 잘 적어 두길 바래
사월의 성감대가 적힌 날짜를 누를 때마다 깨진
겨울이 열려

꽃샘을 달래기 위해 따뜻한 자장가를 연습했어

질투가 힘인 기형도(奇亨度)를 기형도(畸形圖)로 읽은 날

몰래 포도알을 먹는 장미

심통 난 지리학자를 재워야 해
침에도 잘 녹는 손 자장가를 반죽해서 오븐에 넣고
어린왕자를 읽어 줘요

사막은 밤을 건너기에 충분히 매력적이지

어서 오세요 부아 돋는 밤이에요 낯빛이 좋질 않군요
무슨 일 있었나요 어젯밤 잠을 너무 구긴 건 아닌가요
오늘은 발바닥 안마에 신경을 더 쓸게요 망토 쭉 펴세요

믿어야 해요 어린왕자는 죽지 않았어요

플라네타리움 켜는 황소

닥닥 긁은 바닥으로 향기 나는 웃음을 만드는 마법사가 될래
고흐의 해바라기에 주술을 건다

달달한 야콘을 심는 황소, 꽃은 언제 필까

별은 신이 하늘을 내리쳐 떨어진 도끼밥
뿔은 변장한 코끼리의 어금니

자꾸 허기가 질 때는 눈 총총 썰어 넣은 차렵이불을 먹자
배가 고파 머리를 쓰다듬을 때마다 어금니에서 쏟아지는 여름

퀘나를 들고 폭신한 사각의 바다로 간다
뿔을 접고 모서리에 누워 아틀란티스를 부르자

마법의 모자를 눌러쓴 하얀 황소가 말을 거네

플라네타리움 켤 시간이야 이어폰을 꽂고
고깔모자 속에서 후루룩 날아오르는 상아 모양의 우주

매미 날개 곳곳 숨어 있던 불투명 별이 늘어지게 하품을 할 때

검은 망토 뒤에서 주술 풀린 웃음은 바닥에 야콘꽃을 그려 넣고 있었지

윤이월 동백 가출사건의 전말

은행 다녀온다고 나간 곰이 사라졌다

붉은색 킬 힐을 주문해 놓고 토파즈 목걸이를 고르는 사이
피크타임이라고 손님들이 줄을 선다

나는 동백의 환상통이라고 했고 사람들은 곰의 성장통이라고 했다

저녁을 가불해서 먹어 버린 바나나 따윈 장부에 올리지 말도록 해
금고를 뒤지다가 꽃잎이 떨어질 수도 있어

윤이월이 와도 길 건너 동백이 져도 사람들이 동백을 곰이라 불러도

검게 변한 바나나 껍질을 잘라 씨감자를 만들까
은행은 얼마나 자랄까 다 자라면 곰이 돌아올까

윤이월을 저축하러 간 사이 도착한 킬 힐을 신고

어제도 아기 동백 몇이 사라졌어요 사라진 꽃자리가 자꾸 저린다고 해요
곰이 절뚝이며 은행에 왔었어요 내일은 더 자랄 거라고 붉은색 힐을 가져갔어요

내가 사라지자 사람들이 아프다고 했다

사건 종결 팻말이 상자에서 나왔다

곰의 성장통을 장부에 기록하지 않았다

운세 좀 봅니다

재미있는 날씨 덕분에 맘에 드는 햄버거를 골랐습니다
손에 닿을 듯한 층구름 떼가 긴 줄을 섰습니다
강바람 몇 장만 떼어 오세요 운세 좀 봅니다

강화유리 몇을 건네고 거울을 만들어 달라고 했지만, 비가 오네요

독수리로 둔갑한 신이 가장 좋아하는 날씨는 무엇일까요

신에게 묻지 않았습니다 왜 내게 유리 심장을 줬는지
말꼬리 잡히는 것이 싫어 날씨가 장난치지 못하게

시를 쓰는 마법사인지 요리를 하는 마술사인지
내겐 깨지는 심장뿐인걸요

재미있는 날엔 운세를 좀 봅니다

햄버거 속 고기는 빼 주시고요 거울이 완성되면 우산을 좀 보내 주세요

고구마를 먹는 꿈은 태몽 빵을 먹는 꿈은 길몽 파를 먹는 꿈은 흉몽 천장에 자몽을 그리고 잠들면 워워

자몽을 먹고 싶었어 이른 시간 잠을 청하고 전화를 걸면, 오늘을 지워

원탁에 앉아 저녁만 세 끼를 먹는 자몽 같은 그녀를 따돌리고, 아서 왕 뒤를 졸졸 따라다니는 자몽이라 불리는 칼, 뽑는 건 쉬워

허기라는 것 너무 빨갛지 않았으면 좋겠어, 표정이 추워

씁쓸한 매력을 지닌 그녀가 자몽 향 로션을 바르고 자몽 색 원피스를 입고 자몽주스 한 잔을 시킨 후 이별 통보를 해 버렸지, 오 아이디얼스*의 샤워

너무 일찍 깬 게 이유일까 111년 전통은 깨지라고 있지, 나비가 더워,

배가 고픈 알람시계는 몽니, 오늘은 천장에 자몽을 그리고 잘 거야

칼칼한 자몽을 먹고 잠들면 호수 요정이 나타나 꿈을 샀으면 좋겠어

* ID:EARTH. 싱어송라이터.

마법사들

왼손에는 유리막대 오른손엔 유리도토리를 쥐고 시선은 왼쪽으로 살짝 유리스럽게
불안한 탁자 위에 유리동전으로 북두칠성을 만들고 푸른 가방 속에 유리태양을 담고
무한대 유리모자 쓰고 들들 영화카메라 들들
기술자들 감시자들 내부자들들 여배우들들들 마법사들, 들들… 들들… 영화 필름처럼 매끈한 유리네모

유리자궁 입구에 떠돌이새싹이 돋고 살구씨 같은 유리풀이 자라고

별을 유리가 낳았나?

넌나에게모욕감을줬어/지치면지는거고미치면이기는거야/이런여우같은곰을봤나/이런애들이이럴때꼭늦게와야지가스타인줄안다* 마법사들은 피식 웃지 손가락 끝으로

잠금장치 없는 입–펑
봉인 해제 하는 귀–펑
즉시 우는 눈의 유리앵무–펑펑

노란 구두에 갈색 구두약을 칠하고
검은 눈가에 붉은 립스틱을 그리고

왼손에는 다이아반지 오른손엔 컴퓨터용 사인펜 시선은 정면을 슬쩍 건방지게
투명한 탁자 아래 쇼핑백으로 지폐를 만들고 엔티크 가방 속에 홍시를 담고

들들,
들들,
뜨거운 초소형 영화카메라 속에서 은행 튀듯, 그들

* 영화 기술자들/감시자들/내부자들/여배우들 대사대사대사.

모처럼 시리즈

모처럼 차를 마시고 싶은 그녀를 만났다
스트라이프 팬티를 절대 입지 않았을 줄무늬 긴 겉옷을 걸친
호텔 커피숍 대신 포장마차에서 믹스커피를 타 마시자는

모처럼 비가 왔다
시리즈를 꺼내 피웠다

눈이 가려운 사람들_은행나무 소파에 앉아 호두까기 인형을 관람하는 6.5급 공무원
눈이 흔들리는 사람들_S의 노랫말
눈이 고집스러운 사람들_에누리 무시하는 정육점 사장
눈이 탁한 사람들_내 돈 안 내고 술을 수집하는 소풍간 전갈
눈이 찢어진 사람들_가자미 회 먹으러 상갓집 간 빨간 구두 아가씨
눈꼬리가 올라간 사람들_건너뛰어
눈에 불을 켜는 사람들_소고기는 반드시 레어로!(레어

가 뭐지?) 이마에 피도 안 마른 녀석들이 꼭,
눈웃음치는 사람들_엔티크 가방은 뒤로 메지 마 자꾸 사인해 달래

모처럼 손을 풀고
모처럼 시원하게 소리 내서 방귀를 뀌고

모처럼 차를 마시자고 하는 그녀를 만났다
속눈썹 붙이는 방법을 모를, 눈썹 문신을 한
카페모카는 크림을 빼 달라며 브레이크 타임에
모처럼 비가 왔다
시리즈 중 눈을 꺼내 읽었다

구름, 속도를 부등호로 나타내시오

인공태양을 만든 사실이 들통났다 (>) 구름이 너무 빨리 달아났다

해가 지지 않는 나라의 엘리자베스, 어둠이 무서웠을지도 몰라 (<) 속도계를 우물에 빠뜨렸다

가슴골 훤히 드러난 화려한 러프를 두르고, 새하얀 레이스 사이로 해적선을 몰고 가는 달의 뒷모습이 물에 비치곤 했다 (<) 구름의 계급을 잘 정리해서 책상 위에 올려놨다

리즈, 이 섬은 하얀 밤만 있어 어둠은 해적들이 강탈해 간 지 오래야
바오밥나무를 타고 후두두 밤이 쏟아져 내려, 눈을 떠 기다리던 밤이야
하얀 밤만 골라 공단으로 만든 배에 싣자
당신은 곧 다이아몬드 주빌리를 맞을 거야 머릿결에 이력을 숨겨 놓을게

그녀가 깨금발로 어둠을 건널 때마다 해바라기가 하나
둘 고개를 들었다 (<) 천하여 이름도 없이 떠돌아다닌
그들이 구름의 이름으로 돌아왔다

촘촘히 박힌 어둠의 단단한 이력 (>) 구름의 속도를
측정하지 않기로 했다

태양 뒤에 숨은 부등호를 꺼내 구름을 만들었다

머리에 고깔 구름을 쓰고 피에로처럼 웃는 나보다
무덤 주위에 개망초가 더 크게 웃었다

정말, 두 번째 거짓말

커다란 유리 수조 속에 오른발을 넣었다
반 토막 애벌레들이 벗어 놓은 허물이 맑은 물에서 자고 있다

비 맞은 네 잎 클로버 셋

종말이라 썼다가 달력을 찢는다

입으로 나온 말들은 그대로 이루어질지니 울지 마라

밤새 내린 날짜가 골목길에 쌓였다
작은 방에 누워 움직이지 않았다
오래 잠을 잔 거다 정말 잠을 잔 것뿐

옴 아모가 바이로차나 마하무드라 마니 파드마 즈바라 프라바를타야 훔*

괜찮다 더 잘 속으려고 하늘이 두 쪽이 나고

오른발이 봄을 낳기도 한다

* 광명진언(光明眞言). 다라니의 이름. 이 진언을 항상 독송하면 부처님의 광명을 얻어 온갖 죄가 소멸된다고 함.

신이 나를 이 세상에 보낸 이유

— 괄호 속 글씨가 보인다면 당신은 이미 천사입니다

(

)

심심해서

(

)

심심해서

*별책부록 혹은 괄호 해설서

(꽃은 활짝이고 헤라를 닮은 계집아이들은 콜마차를 기다리는 사이 날개를 고르며, _형광 날개로 할까 무지개색으로 할까 아 오늘은 꽃보다 티존이야 이마에 볼륨을 올리는 화장품 이름이 뭐였지? 바람이 불고)〈-보이지 않는다고 너무 상심하지 말 것 옆 사람도 같은 처지니. [예문 1]

(문득 손칼국수가 먹고 싶은데 헤라는 나의 애인들을 잡으러 간 듯하고, 홍두깨를 걸어 둔 번개는 엊그제부터 연락이 끊기고 _비가 오려나 왼쪽 팔뚝이 쑤셔)〈-보이지 않는다고 너무 웃지 말고 거울을 부숴 버리도록. [예문 2]

흘러가다

힌트 한 번 없이 마른 여름이 오고
재기도 전 투명한 봄이 간다

알람은 정확하게 맞췄니?

천둥 친다
꺾어 신고 쏘다닌 어제의 뒤축을 펴고 연체료 붙은 비 수금하러 가는 7월 1일

부도 낸 여름을 찾았다고 장수보신탕 사장에게 연통을 넣었다

세 번 유찰된 장마는 손가락 굵은 겨울에게 낙찰되었다

발정 난 토끼 같은 작달비의 발원지를 찾다가 포기한 8월 8일

소개 없이 치외법권인 가을이 오고
기록하기 전 순한 겨울이 간다

괄호를, 놓치다

1.
(나무로 만든) 뻐꾸기가 세로로 운다
최대한 목을 세워 (사람이 되고 싶었다)

냉동실에 (월계수로 만든 뻐꾸기처럼) 진통 중인 나이
테를 넣었다

나무는 뚱뚱하게 자라고 그녀는 자랄수록 (통)점이 많
아졌다
통증을 읽다 점 빼는 방법(으로 나무가 된 당신)을 계
산했다

(바싹 말린 시각을 건너는) 월계수 이파리 몇 좀 줘 봐

(차갑게 자란,) 나이테를 녹인 물에 잎을 달였다 (성장
통 중인 당신이 녹는다)

첫눈 온 아침 당신과 독대하는 (투명한) 석간신문을

훔쳐봤다

(또 다른 당신의) 부고란이 부풀어 올랐다

횡으로 잘린 둥근 주소에 (통증을 줄여 주는) 월계수차를 부었다

편도가 부은 뻐꾸기가 벽장에서 나와 풀린 주소를 쪼아먹었다

(수취인이 없는, 소유자를 몇 날 며칠 꼭 안아 재우고 싶었다)

(나무를 닮은) 당신이 두 팔을 벌리고 웃는다
최대한 어깨에 힘을 빼고 (사람이 되고 싶었다)

0.
괄호가 사는 눈을 가진 적이 있다

기말고사

문제1. 좋은 여행은 다음 중 무엇일까요

1번. 여행할 옷이 없어 서점에 갔다 여행 코너에 앉아 졸다가 비행기에 올랐다 목적지에 도착하자마자 사진을 찍었다 가이드에게 나라별 포토존에 대해 폭풍 질문하며 노트에 꼼꼼히 적고 사진 찍을 때마다 메모했다

2번. 배낭여행을 했다 호텔보다 게스트하우스를 찾았다 대중교통보다 도보 여행을 하며 사람을 만났다 편의점에서 기막힌 콩나물 캔을 사 먹었다 신기한 곳을 눈에 넣어 왔다

3번. 죽기 전에 비행기 타고 여행 한번 가 봤으면 좋겠다

정답: (　　)번

김밥 두 줄을 샀다

사람들이 가을가을 부르니까

가로수들이 막 옷을 벗는다

문제2. 좋은 꿈은 다음 중 무엇일까요

1번. 꿈은 일단 크게 가진다

2번. 허황한 꿈보다는 실현 가능한 꿈을 가져야 한다

3번. 꿈은 이루어져야 좋은 것이다 작은 꿈을 이룬 후 계속 작은 꿈을 꿔야 실망에 빠지지 않는다

4번. 크게 꾼 꿈이 이루어지지 않았다 하더라도 꿈을 실현하는 과정이 행복했기에 그 자체도 좋은 것이다

5번. 삼 일 치 수면제 처방을 받았다

정답: (　　)번

빨간 오뎅도 두 꼬치 샀다

사람들이 어머어머 하니까
연인으로 보이는 이들이 거리에서 입맞춤한다

문제3. 꿈을 꾸기에 좋은 날씨를 고르시오

1번. 천둥 친다 창문 닫아라

2번. 둔촌역에 묶어 둔 자전거를 타고 달리다 문득 보았다 습도 40% 먹구름 조금 찬 바람 약간 나도 모르게 툭 —죽기에 참 좋은 날씨네

3번. 새벽 5시 아차산 팔각정까지 다녀오고 수영장에 들러 한 팔 접영을 하고 덜 말린 머리 후드티 입은 채 벤치에 앉아 맞담배를 피우는데 비 몇 방울

정답: (　　)번

귤 한 무더기를 샀다

남의 속도 모르고
손만 좋아하는 티라노들이 달려들었다

*수고하셨습니다. 정답은 '시인의 말'을 보세요

| 해설 |

지구별에서 부르는 보헤미안 랩소디

— 리호, 『기타와 바게트』의 시세계

황치복(문학평론가)

1. 지구촌의 보헤미안, 혹은 보보스

2014년 『실천문학』의 제3회 〈오장환신인문학상〉을 수상하며 등단한 리호 시인은 그동안 활발한 작품 활동을 통해서 가상과 현실, 허구와 실재, 의식과 무의식, 추상과 구상 등의 대립적인 자질들을 넘나들면서 환상과 마법적인 상상력을 통해 독특한 시적 영역을 개척해 가고 있다. 시인이 보여 주는 시적 발상과 시인이 시적 공간에 끌어들이는 시적 제재와 언어 들이 독특하고 기발해서 독자들은 눈부신 새로운 시인의 탄생에 경탄하게 된다. 비약과 단절이 심한 자유분방한 상상력과 동서고금의 다양한 문화 현상에 대한 관심을 좇아가다 보면 시인은 아마도 보헤미안이나 보보스족과 같이 독특한 라이프스타일을 지니고 개

성과 감각을 중시하면서도 자신만의 고유한 예술적 지향과 철학을 지니고 있는 것처럼 보인다.

특히 전 지구촌의 독특한 풍속과 사유 들을 가로지르며 그것을 시적 공간에 끌어들이는 시인의 시적 전략을 보면, 이제 우리 문학이 우리나라의 좁은 영토 안에 머물지 않고, 지구촌을 배경으로 해서 그 속에서 이루어지는 다양한 삶의 양상을 담아내고자 하는 열망을 지니고 있음을 확인할 수 있다. 특정한 사회적 관습이나 풍습에 구애되지 않고 자유분방한 관찰력과 상상력을 발휘하면서 종횡무진 지구촌의 이곳저곳을 누비고 다니는 시인의 지적 호기심, 세계를 경탄에 찬 시선으로 바라보고자 하는 시의식을 확인할 수 있다. 시인은 지구촌에서 일어나고 있는 사건들과 현상들이 모두 자신의 삶의 경험과 분리되지 않는다는 심정으로 그 모든 것을 체험하려고 하면서 한 곳에 정착하지 않고 떠도는 영혼을 소유하고 있는데, 이러한 점에서 그녀는 유목민(nomad)이자 방랑자(vagabond)라고 할 수도 있을 듯하다. 몇몇의 예를 들어 보자.

벼루에서 부화시킨 난에 하얀 꽃이 피었다

(……)

향 끝에 끌어당긴 빛으로 불을 놓으면 곱게 두루마기 걸

치는 묵향

단테가 잠시 머무르기로 한 지상의 낙원이 검은 호수 속에서 걸어 나왔다

—「묵향」 부분

고르디우스의 매듭을 푸는 마돈나를 상상해

산수유나무 껍질로 인디언 문양 박아 넣은 청바지를 타고
여름을 울려, 내 것이야

—「장화 신은 비상구털이 소녀에 대한 인터뷰」 부분

사기 잘 치게 생긴 카주다리 위에서 부는 평범하고 모범적인 카주, 입술이 심드렁한 오늘이 무슨 요일이었지

여름을 소환하는 제사장을 잡아오렴
지중해에서 한 팔 접영을 하고 있을 거야

(……)

엇박자만 골라 먹은 태양은 가끔 강물 속에 오로라를 낳는다지

—「그녀, 카주 입술 심드렁」 부분

가을로 앞치마를 만들어 단 드린딜을 입은 하이디
융프라우행 열차에서 지도를 깔고 코코아를 마시며 아코디언 연주를 듣는
사막 같은 낙엽이라야 해

—「포스트 잇」 부분

「묵향」의 경우, 벼루라든가 두루마기, 그리고 묵향 등의 시어들이 우리의 전근대적인 전통적 삶의 현장이라든가 고유한 미의식 등의 감각을 환기한다. 그런데 갑자기 "단테가 잠시 머무르기로 한 지상의 낙원"이 등장하자 독자들은 『신곡』의 거대한 상상력의 소용돌이 속으로 빠져들고 만다. 「장화 신은 비상구털이 소녀에 대한 인터뷰」에서는 일상의 자잘한 나날들에 대한 이미지가 이어지다가 갑자기 "고르디우스의 매듭을 푸는 마돈나"가 등장함으로써 시적 공간은 갑자기 현실 공간을 벗어나 고대 그리스 시대의 소아시아에 있던 프리기아라는 나라로 비약한다. 그리하여 고르디우스의 매듭을 풀었던 알렉산드로스 왕을 연상하게 되고, 그를 마돈나와 중첩시키게 된다. 또한 "인디언 문양"이라는 이미지로 인해서 시적 상상력은 아메리카의 원시적인 삶으로 비약하게 된다.

「그녀, 카주 입술 심드렁」의 경우는 어떤가? 시적 상상

력은 갑자기 독자를 이란 중부 이스파한에 있는 자얀데흐 강(Zayandeh River)을 가로지르는 다리인 "카주다리"로 이끌고 간다. 그리하여 카주다리는 이슬람의 신비스러운 종교와 페르시아의 문명에 대한 연상으로 인도한다. 그리고 또한 시적 공간은 "지중해"로 독자를 이끌고 가기도 하기도 하는데, "제사장"이라는 시어로 인해서 지중해는 현재의 지중해가 아니라 족장 시대의 아득한 과거로 거슬러 올라간다. 물론 이 시에는 아프리카 동물의 소리를 모방해서 만들었다는 "카주"도 존재하는데, 그러한 악기의 등장으로 인해서 이 시의 시적 공간은 원시적이고 주술적인 분위기로 장악된다. 뿐만 아니라 인용된 마지막 부분에서 등장하는 "오로라"라는 시어로 인해서 독자들은 그린란드나 알래스카에서 볼 수 있는 북극광의 신비스러운 이미지에 사로잡히게 된다.

「포스트 잇」의 경우는 "드린덜을 입은 하이디"라는 구절로 인해서 독자들은 갑자기 알프스의 전통 의상과 그것을 입은 『알프스 소녀』라는 소설의 주인공인 하이디를 연상하게 된다. 그리고 "융프라우행 열차"라는 구절에서 독자들은 알프스산맥의 눈 덮인 고봉을 떠올리게 될 것이다. 일상의 공간에서 갑자기 공간 여행을 하듯이 순간적으로 알프스의 전경을 눈앞에 떠올리게 되는 것이다.

이처럼 리호 시인의 이번 시집은 시간적으로 과거와 현재를 자유롭게 넘나들기도 하고, 지구촌의 다양한 공간을 순간이동 하듯이 불쑥불쑥 도입함으로써 극적인 비약과 경이로운 경험을 창출한다. 시인이 세계 곳곳의 풍물과 이미지를 시적 공간에 도입하는 것은 신기하고 새로운 것만을 추구하는 호사 취미나 딜레탕티즘에 뿌리를 두고 있는 것은 아니다. 시적 맥락을 보면 시인은 지구별의 시민으로서 지구별이 간직하고 있는 지리적, 역사적, 문화적 유산을 자신의 자산으로 삼아서 풍부하고 그윽한 삶의 정취를 이루고자 하는 열망을 확인할 수 있기 때문이다. 지구별의 시민으로서 시인이 특히 부각하는 신선하고 새로운 이미지는 크게 보아서 지구촌의 다양한 지리적 모습을 부각시키는 극지의 이미지라든가 신기하고 가치 있는 향토적 풍습의 이미지를 부조하는 방식으로 이루어지고 있는데, 차례로 살펴보도록 하자.

사막 한가운데 모여 태우는 비법을 배웠다 염전 위 허허벌판에서 모래 풀무를 불러 모았다 360도 회전하는 몰드에 화장 끝낸 계절을 넣고 불을 지폈다 목각으로 만든 거대한 모형인간을 몰드 위에 세웠다 문명을 거부한 아담들이 하나 둘 모여들었다 모래바다에 비스듬 잠수함을 띄우고 알몸에 검은 깃털을 심어 흑조를 완성했다

—「버닝맨」 부분

툰드라 가는 길목에 키 작은 자작은 하얗고 맑은 눈을 지

녔다 당신을 기다립니다 여기는 늘 익숙한 밤 지상의 낙원 입니다 제 몸에 기생하는 차가, 검은색 돌덩이 하나 챙겨 가세요 심장에 암세포가 자랄 때마다 망치로 가루를 내어 마셔요, 자살세포로 만들어 드립니다 검은 반점들을 하나씩 잡아먹으며 자라는 기생초와 툰드라의 돌담길을 걸어 보는 건 어때요?

—「툰드라의 눈」 부분

라일락이 되어 가고 있나 봐요 식은 바다에서 고래들이 연보라색 활을 들고 소풍을 나왔어요 바흐 흉내를 내려는지 첼로를 찾네요 첼로가 서 있던 쌈밥 집 버튼 소리는 무슨 색이었을까요

아브라카다브라, 문을 여는 주문은 무반주다

바다의 독경을 고스란히 조판한 자장가 경전을 머리맡에 두고 당신을 부른다

–「에베레스트섬」 부분

"버닝맨"이란 매년 8월 마지막 주에 미국 네바다주 블랙록 사막 한가운데 일시적으로 형성됐다 사라지는 도시인 블랙록시티(Black Rock City)에서 벌이는 예술 축제를 말한다. 시인의 설명에 의하면 래리 하비가 창립했으며 2.4미터

나무 인형을 태운 것이 시초가 된 이 축제는 '나눔과 공유'의 무소유 정신으로 일주일간 자유와 창의, 공동체 의식을 기르기 위한 축제라고 한다. 「버닝맨」이라는 작품은 이러한 축제를 모티프로 하면서도 거대한 사막을 배경으로 해서 "문명을 거부한 아담들"을 배치함으로써 지구촌의 어떤 원시적이고 근원적인 이미지를 그려 내고 있다.

「툰드라의 눈」의 경우는 스칸디나비아반도 북부에서부터 시베리아 북부, 알래스카 및 캐나다 북부에 걸쳐 타이가 지대의 북쪽 북극해 연안에 분포하는 넓은 벌판을 말하는 툰드라 지역의 이미지를 부조하고 있다. 연중 대부분은 눈과 얼음으로 덮여 있으나 짧은 여름 동안에 지표의 일부가 녹아서 선태류와 지의류가 자라며, 순록의 유목이 행해진다는 지역의 툰드라가 자작나무의 흰 색채 이미지와 차가버섯의 뭉툭하고 거친 이미지, 그리고 "가루"의 이미지들과 결합하여 독특한 분위기를 형성한다.

「에베레스트섬」에서는 지구상의 최고봉인 에베레스트산을 섬으로 비유하면서 "고래"와 "첼로"의 이미지를 통해서 역시 색다른 분위기를 자아내고 있다. 에베레스트산을 섬으로 비유한 것은 바다가 솟아서 산이 되었다는 고고학적 상상력에 기반을 두고 있으며, 따라서 에베레스트산에 고래와 첼로가 등장하는 것은 상상력의 논리상 설득력을 지닌다. 첼로는 아마도 바다가 연주하는 파도 소리를 염두에 둔 이미지일 것이다. "바다의 독경" 소리라든가 "아브라카다브라"라는 주문들은 에베레스트섬의 이미지에 주술적이고 종교적인 이미지를 부여함으로써 비범한 효과를 발휘하도록 한다.

사막이라든가 툰드라, 산맥 등의 지구를 형성하고 있는 독특하고 극단적인 지리적 이미지들은 리호 시인의 시편 곳곳에서 불쑥불쑥 튀어나와 시적 공간에 돌발적이고 충격적인 분위기를 형성하는 데 기여한다. 시인이 지구별의 기괴하고 독특한 아름다움에 매료되어 있음을 증명하는 장면들일 것이다. 그런데 이러한 지구촌의 기괴한 지리적 이미지들은 낭만주의자들이 상정하는 그때-거기의 어느 이국적인 곳에 신기루처럼 존재하는 것이 아니라 시인이 살고 있는 지금-여기의 일상적 공간에 녹아 있다는 점에서 문제적인 성격을 발견할 수 있다. 시인은 지구별의 시민으로서 일상의 삶 속에서 그러한 이미지들을 친숙한 것으로 소비하면서 살아가고 있음을 알려 주기 때문이다. 다음 시에서 이를 분명히 확인할 수 있다.

> 1월의 태양 그림자가 5월까지 늘어서 있을 때 엠바고 아직 큰비가 내리면 곤란해 졸다 내리지 못한 봄을 끌고 종착역이야 잠들지 말아야 할 때 엠바고 크고 작은 거품이 만든 열일곱 개의 이글루 샴푸 후 젖은 머리칼이 빙산처럼 따가운 사이다 한여름의 메콩강! 목소리에 방어흔 뚜렷한 장마전선 그림자를 잘라 만든 뗏목을 타고 덜 마른 천둥 쏟아지

는 중복 어귀의 온-에어 쪼아 대는 국지성소나기쯤은 무섭지 않아 옷매무새 가다듬는 사이다를 뽑아 든 캡틴들 물마루 오를 때마다 우비 색깔 고르며 톡 쏘며 살자고 엠바고

—「사이다를 위한 엠바고」 전문

특별한 메시지가 있는 것은 아니다. 조는 듯 봄은 지나고, 중복의 더위가 찾아온 한여름의 날씨에 사이다처럼 시원한 삶을 그리워하는 시적 화자의 내면 풍경이 암시되어 있을 뿐이다. 더운 여름날의 후텁지근한 날씨와 더울수록 강렬해지는 시원함에 대한 열망이 서로 대비되어 날카로운 이미지의 충돌을 보이는데, “한여름의 메콩강”과 “방어흔 뚜렷한 장마전선”, 그리고 “열일곱 개의 이글루”, “빙산처럼 따가운 사이다”의 이미지가 그러한 충돌을 대변해 준다. 후텁지근한 장마철의 날씨에 연상되는 메콩강, 그리고 그것과 대립되는 눈과 얼음덩이로 만든 이글루 등의 대립적인 이미지들은 이상할 것이 없다. 다만 시인은 여러 시편들을 통해서 천연덕스럽게 이러한 이미지들을 끌어오기 때문에 마치 그러한 이미지들이 일용할 양식처럼 친근하고 익숙한 것처럼 보인다는 것이다. 지리적 풍경이나 이미지 외에도 시편 곳곳에 편재하는 지구상의 다양한 풍속과 전통 등은 지구촌의 보헤미안으로 살아가고자 하는 시인의 특징을 잘 드러내 주기도 한다.

마후아나무 꽃을 따러 가자

그는 벌써 취했군 붉은 새가 되었어 꼬리 물고 다니던 낙타 녀석은 잘 있나?

당신은 기분이 좋아 보여 명품 벽은 얼마로 딜을 했나

난 두통이 감쪽같이 사라졌네 남은 약 아까워서 어쩌지

—「기억 저장고의 미스터리」 부분

마크툽! 하고 외칠 때마다

날아갔던 글자들이 0그램의 무게로 적도의 하늘 아래로 모여든다는 소문 속에

화이트홀을 빠져나온 북극곰과 펭귄이

등대로 승격한 가로등을 세우고 있는 모습이 종종 목격되었다

—「북극곰과 펭귄」 부분

스펑나무 뿌리가 칭칭 성벽을 침투했다

불을 지르면 벽은 허물어지지

성장 억제 주사를 맞을 계절이 왔다

뿌리는 천천히 자라 섬을 데우고

에베레스트섬은 서서히 녹아 바다가 될 것이다

내 손을 잡고 눈을 떠 봐. 영화가 시작되었어

―「극장 옆자리」 부분

「기억 저장고의 미스터리」라는 작품은 인도 중부의 곤드족이라는 부족의 미술과 민화를 토대로 해서 그들의 사고방식과 풍습을 소개하고 있는 작품이다. 곤드족의 미술 작품 중에는 '취하는 나무'라는 작품이 있는데, 이 그림에는 마후아나무 꽃으로 술을 빚어서 너무 많이 마시면 그 생김새가 자기 성격에 따라서 생쥐, 호랑이, 돼지, 비둘기 등으로 바뀔 수 있다는 생각이 담겨 있다. 부제처럼 달아 놓은 에피그램에서는 "취하는 나무에 대한 이야기/곤드족 사람들은 마후아나무 꽃으로 병도 고치는 약술을 빚었지/너무 많이 마시면 생김새가 바뀔 수도 있어/나는 마후아나무, 당신에게 술 한 잔 건네고 싶은"이라고 하면서 곤드족의 민화 속 상상력을 구체적으로 설명해 놓기도 했다. 우리에게 생소한 인도의 곤드족이라는 부족의 풍습과 사고방식을 끌어들이면서 지구촌 시대의 다문화 생활을 실감할 수 있도록 하고 있는 셈이다.

「북극곰과 펭귄」에서는 "마크툽(Maktūb)"이라는 이슬람의 종교적 언어로 말미암아 독특한 시적 분위기가 형성되고 있다. '기록된 섭리' 혹은 '신의 뜻대로'라는 뜻을 지니고 있는 이 용어에는 궁극적으로는 아무것도 하느님의 뜻을 거역할 수 없다는 『코란』의 정신이 담겨 있다. "마크툽"

이라는 신성한 언어와 함께 어울리기 어려운 북극곰과 펭귄이 서로 나란히 등장한다는 점, "화이트홀"이라는 가상의 우주 공간이 등장한다는 점 등이 어우러져 이 시는 이슬람 문화의 신비로운 이미지를 형성하고 있다.

「극장 옆자리」는 스펑나무가 사원의 벽을 에워싸고 있는 캄보디아 앙코르와트의 '타 프롬 사원(Ta prohm Temple)'으로 독자를 인도한다. 어디까지가 줄기이고 어디까지가 뿌리인지 구분이 되지 않을 만큼 거대하고 신비로운 스펑나무가 벽면을 덮고 있는 타 프롬 사원은 캄보디아가 꽃피운 불교문화의 아름다움을 보여 주는 유적지인데, 그곳을 덮고 있는 스펑나무는 아직도 자라고 있어 유적의 침식을 방지하기 위하여 매년 성장 억제제를 주사한다고 한다. 이 시는 사원과 공존하는 스펑나무의 신비로운 자연물과 함께 불교문화의 신비 속으로 인도하는 것이다.

리호 시인의 이번 시집에는 이러한 이국적이고 경이로운 풍물 외에도 "태양을 먹고 싶은 날은 대부분 축축해//짐바브웨의 프러포즈 멘트를 생각하며 옥수수를 먹다 운 날도, 태양은 수염을 키우느라 분주했다"(「틱틱」)라는 장면에서는 "당신은 옥수수를 자라게 하는 햇빛과 같습니다"라는 짐바브웨의 구혼 풍습이 소개되기도 하며, "옴 아모가 바이로차나 마하무드라 마니 파드마 즈바라 프라바릍타야 훔"(「정말, 두 번째 거짓말」)이라는 대목에서는 광명진언이라는 주술이 소개되기도 한다. 이 시집은 지구촌에 존재하고 있는 다양한 문화적 관습과 풍물, 그리고 자연물들에 대한 경이와 찬탄이 뒤섞인 자유로운 보헤미안의 여행기이기도 한 셈이다.

2. 적도의 펭귄, 혹은 전복과 위반의 세계

지구별이 지니고 있는 다양한 문화적 향연과 지리적 경이로움이 리호 시인의 이번 시집의 후경에 자리 잡고 있는 풍경이라면 일상과 상식에 대한 전복과 일탈 현상은 전경화되어 있는 주된 이미지라고 할 수 있다. 시집의 앞부분에 집중적으로 배치되어 있는 '적도의 펭귄'이라는 부제의 에피그램이 그러한 것을 상징적으로 대변해 준다. 실제로 적도에는 자카스펭귄이나 훔볼트펭귄 등이 산다고 하지만, 펭귄은 남극에 서식하고 있다고 알려져 있으며 극한의 추위를 연상시키는 동물이다. 그러한 펭귄을 적도에 배치해 놓으면서 시인은 일상의 감각과 상식적인 관념에 균열을 가하고자 하는 것이다. 일상과 상식의 전복과 일탈에 대한 시인의 관심은 매우 강렬하고 지속적인 것이어서 현실의 지반을 이루고 있는 그러한 상식과 고정관념에 대한 전복과 균열의 열망이 시인의 시적 전개를 추동하는 것처럼 보이기도 한다. 작품 세계로 들어가 보자.

마다가스카르에 가면

우리의 상식을 깨는 동물들이 참 많지
사막에서 사는 게의 이야기
둘 중 하난 죽어야 하는 운명을 타고났다고 하면
누가 죽을까?
게를 너무 많이 잡아먹어서 게를 수없이 그린 이중섭처럼
사막게를 잡아먹고 홀로 남은 게는
그녀의 초상화를 그릴까 그의 누드화를 그릴까
아니면 전갈을 불러들여 볼까
보름달 면사포를 쓰고 혼인댄스 마친 암컷 전갈이 자른 수컷의 목은 무슨 색일까
새를 먹는 타이거피시는 어때?
아니지 유황 가스 속에 사는 새우는 뜨거운 명함을 팔 수 있을까
그도 아니면 심장까지 훤히 보이는 투명 개구리는 어때

우리가 사는 세상은 말야
상식을 깨는 일들이 참 많아
북극곰과 남극 펭귄의 만남이
가당키나 한 일인지는 신께 물어보자고

이따금 안개 뒤덮인 불면의 사막에서

북극곰의 손을 슬며시 잡고 잠든 펭귄이 있었다고 하니까

—「156페이지, 신의 잠꼬대 편」 전문

마다가스카르섬은 아프리카 남동쪽 인도양에 있는 세계에서 네 번째로 큰 섬인데, 고립된 섬 지역이라는 특성으로 인해서 희귀한 동식물들이 많이 번식하고 있다고 한다. "사막에서 사는 게"라든가 혼인비행을 마치고 수컷의 목을 자르는 "암컷 전갈", 그리고 "새를 먹는 타이거피시"라든가 "유황 가스 속에 사는 새우", "심장까지 훤히 보이는 투명 개구리" 등의 항목들이 그 구체적 사례일 것이다. 이러한 동물들은 "우리의 상식을 깨는 동물들"로서 마다가스카르라는 이국적이고 예외적인 공간에서만 발견될 수 있는 것이다. 시적 화자는 이러한 동물들을 현실로 가져와서 일상적으로 반복되는 현실의 굳건한 지반에 균열을 가하고자 하는 것이다.

상식적 현실에 대한 거부는 그것이 어떠한 창조적 에너지도 제공하지 못하기 때문이다. 시인은 그러한 현실에 균열을 내고, 그 균열 속에서 현실에서는 상상하기 어려웠던 충격적이고 예외적인 사건들을 끄집어내려고 한다. "불면의 사막에서/북극곰의 손을 슬며시 잡고 잠든 펭귄"이 바로 그러한 사건이라고 할 수 있는데, 그러한 사건은 "우리가 사는 세상"에서 "상식을 깨는 일들" 가운데 하나가 될 것이다. 물론 이 시의 부제로 제시되어 있는 "마법사 오즈

를 찾으러 가자/두뇌가 없는 허수아비, 심장이 없는 양철 나무꾼/용기를 얻고 싶은 사자/나는 도로시, 집으로 돌아가고 싶은/적도의 펭귄 1"이라는 에피그램을 보면 "북극곰과 남극 펭귄의 만남"이라는 사건은 현실의 사건이 아니라 환상 속의 사건임을 알 수 있다.

시인이 주목하는 "상식을 깨는 동물들", 혹은 우리들이 사는 세상에서 "상식을 깨는 일들"이란, 제목에서 암시하는 것처럼 "신의 잠꼬대"와 같은 것이다. 즉 신의 섭리에서 어긋나 있는 비합리적인 일탈 현상인 것이다. 그러나 그러한 현상들은 현실에 대한 일탈과 위반이라는 성격을 지니며, 『오즈의 마법사』와 같은 판타지가 그려 내는 환상으로 현실을 대체하는 현실이라고 할 수 있다. 현실은 그러한 또 다른 현실의 등장으로 인해서 낯설고 이상한 것으로 변모하며, 긴장과 충격을 경험하게 된다.

하루 한 끼 정도는 같이해요
탁자가 기울기 전까지 서둘러 식사를 끝내요
노릿하게 잘 구워진 태양에 새가 앉았네요 삼족오라고 불러 달래요
샤토 디켐 한 잔과 열다섯 가닥의 바람이 절묘하게 새겨진 나이프
오늘의 특별요리는 북두칠성이네요
긴 막대 하나는 스페어로 가지고 다녔으면 해요

탁자가 기울면 그것이 필요할 거예요

열 살 적 생일 선물로 세 발 달린 개에 대한 설화를 들었다
복을 가져다주는 이야기였다
이야기꾼이었던 아버지는 그해 가을
웃자란 새벽 까마귀를 따라가셨다
성격도 참 급하시다 우는 방법을 익히기도 전인데

태양의 흑점이 폭발할 때마다 알 낳는 까마귀 소리가 들렸다

미완성의 탁자에 아버지가 다녀가셨나 봐요
오늘따라 아이가 검은 콩자반을 칠칠맞게 뚝뚝 흘렸어요
아무 이유 없이 눈물이 나요
이제 긴 수업을 마쳤어요

—「다리 세 개 달린 탁자」 전문

이 시에는 우리가 흔히 정상적이라고 생각하는 상황에서 벗어나 있는 다양한 사물이나 사건들이 편재해 있다. 제목인 "다리 세 개 달린 탁자"에서부터 "삼족오"라고 불리는 다리가 세 개 달린 까마귀, 그리고 "세 발 달린 개에 대한 설화" 등이 그것이다. "우는 방법을 익히기도 전"에 급

히 "웃자란 새벽 까마귀를 따라가"신 아버지 또한 정상적인 상황에 대한 위반이라고 할 만하다. 하지만 이처럼 명시적인 위반의 상황만 있는 것은 아니다. "태양의 흑점이 폭발"하는 현상 또한 정상에서 벗어난 일탈로 해석할 수 있으며, "오늘따라 아이가 검은 콩자반을 칠칠맞게 뚝뚝 흘"리는 현상, 그리고 "아무 이유 없이 눈물이 나"는 상황 또한 정상에서 벗어난 일탈적 현상들이다.

이처럼 이 시에는 정상적이라거나 완성되었다는 의미에서 벗어나 있는 사물들이나 사건들이 빈발하고 있는데, 그러한 사물들과 현상의 효과는 어떠한가? "탁자가 기울기 전까지 서둘러 식사를 끝내요"라든가 "탁자가 기울면 그것이 필요할 거예요" 등의 시적 진술들을 보면, 일탈과 위반의 현상들은 불안과 초조의 감정을 자아내고 있다. 하지만 "세 발 달린 개에 대한 설화"가 "복을 가져다주는 이야기였다"는 구절이나 "태양의 흑점이 폭발할 때마다 알 낳는 까마귀 소리가 들렸다"라는 구절들을 음미해 보면, 일탈과 위반의 현상은 어떤 긍정적 가치를 산출하기도 한다는 점을 알 수 있다. 평범하고 일상적인 것에서 벗어난 사물이나 현상에는 일상의 논리로 파악할 수 없는 어떤 힘과 능력이 깃들어 있다고 믿을 수 있기 때문이다. 따라서 "이제 긴 수업을 마쳤어요"라는 마지막 구절은 이변과 일탈, 파격과 어긋남이 지니고 있는 불안과 에너지의 양면성에 대한 성찰을 암시하는 것인지도 모른다.

흔해 빠진 스트라이프 팬티는 사양할래
더 이상 그녀의 젖가슴이 떠오르지 않거든
쇄골과 골반 안쪽에는 맹수들의 공격을 피할 수 있는
검은 눈동자 문신을 그려 놓았어

유명한 빵집 앞에서 22분을 기다려 바게트를 샀지
비스듬히 칼집 넣은 중간중간에 오후를 채워 넣었어
빠삐용의 죄수복에도 붉은 칼집이 들어간 것을 아나?
찢긴 나비의 날개 조각들이 채워져 있던 걸로 기억해

낯선 이들의 침입을 막으려 부적처럼 세워 놓은
검은색 기타 옆에 바게트빵을 기대 놓았어
여섯 개의 현에 매달린 그녀가 가는 잠에서 깨어나 한입 물었지
후두둑 오후가 쏟아져 내리더니 이내 나비가 된 그녀가 웃고 있네

더 이상 스테레오타입의 섹스는 사양할래
가슴에 노란 빠삐용 문신을 새긴 그녀의 심장은
오른쪽에 있거든

—「기타와 바게트」 전문

표제시이기도 한 이 작품 또한 "흔해 빠진 스트라이프

팬티는 사양할래"라든가 "더 이상 스테레오타입의 섹스는 사양할래"라는 구절들에서 알 수 있듯이 틀에 박힌 평범한 것, 정형화되고 고정화된 것에 대한 거부의 시의식을 표출하고 있다. 시적 화자는 융통성 없이 경직되고 정형화되고 고정된 것을 거부하기 위해서 빵집에 들러 "바게트"를 사고, "검은색 기타"를 세워 놓는다. 바게트빵과 검은색 기타가 어찌해서 틀에 박힌 정형과 고정관념에서 벗어날 수 있는 것일까? 그것은 "오후"라는 이미지와 "빠삐용의 죄수복"에 새겨져 있는 "나비"의 이미지를 통해서 설명할 수 있다.

시적 화자가 "유명한 빵집 앞에서 22분을 기다려" 산 바게트에는 "비스듬히 칼집"이 나 있어서 "중간중간에 오후를 채워 넣"을 수 있다. 그런데 바게트의 칼집과 비슷한 칼집이 나 있는 "빠삐용의 죄수복"에도 "붉은 칼집이 들어"가 있으며, 그 칼집에는 "찢긴 나비의 날개 조각들이 채워져" 있다. 빠삐용의 죄수복에 새겨진 나비가 무엇을 암시하고 있는지를 어렵지 않게 짐작할 수 있다. 감금으로부터의 탈출, 구속으로부터의 자유를 향한 빠삐용의 의지가 거기에 담겨 있기 때문이다. 그러니까 바게트는 칼집의 균열을 통해서 자유와 일탈의 상징적 의미를 내포하고 있는 셈이다. 그렇다면 "오후"란 무엇인가?

바게트 옆에 놓여 있는 "검은색 기타"에는 "여섯 개의 현"이 매달려 있고, 거기에 매달린 "그녀"는 잠에서 깨어나 바게트를 “한입” 베어 문다. 그러자 갑자기 “오후가 쏟아져 내리”고, 그녀는 한 마리 “나비”가 된다. 그러니까 바게트에 비스듬히 넣은 칼집에는 오후가 들어 있고, 기타에 매달린 그녀가 바게트를 베어 물자 오후가 쏟아지고 그녀는 나비가 된다는 시적 논리이다. 따라서 오후란 새로운 존재로 거듭나거나 변신의 욕망을 실현시켜 주는 어떤 환상이나 상상의 힘을 말하고 있음을 알 수 있다. 그리고 그러한 환상과 상상의 힘에 의한 변신의 모티프는 곧 자유와 일탈의 이미지와 연결되어 있음을 확인할 수 있다. 물론 “더 이상 그녀의 젖가슴이 떠오르지 않거든”이라는 구절에서 암시하고 있듯이, 변신과 일탈의 열망이 관능적인 상상력이나 성적 자극과 연결되어 있다는 것도 환기해 둘 필요가 있다.

시인은 「표준 사이즈」라는 작품에서 “남들보다 생각이 좀 짙다는 이유로 타박을 받으며 자랐다”라고 고백하고 나서 “남들보다 눈빛이 좀 길다는 이유로 난 여왕의 대관식에 서게 될 것이다”라고 마무리하고 있다. “표준 사이즈”란 물론 융통성이 없이 다수의 군중들이 정해 놓은 고정되고 정형화된 것으로서의 “스테레오타입”을 의미한다. 시인은 그것이 지닌 억압적인 성격과 그것으로부터의 해방이 자유와 새로운 가치의 창출을 위한 단초가 될 수 있음을 강조하고 있는 셈이다.

3. 마법사, 혹은 변신과 환상의 세계

일탈과 균열, 전복과 위반의 가치를 추구하는 시인이 환상의 세계로 걸어 들어가는 것은 전혀 이상하지 않다. 시인이 추구하는 균열과 일탈, 전복과 위반의 시의식이란 일상적이고 강고한 상징적 세계에 대한 균열과 간극을 만드는 과정인 것이며, 그러한 과정에서 환상이란 가장 중요하고 강력한 기제가 되기 때문이다. 왜냐하면 환상(fantasie)이란 확실하고 굳건하다고 믿는 현실에 구멍을 뚫고 그 구멍으로 현실의 장벽에 의해 가로막혀 있는 무의식, 혹은 실재의 모습을 현현하는 장치이기 때문이다.

시인이 제목 아래 부제로 "적도의 펭귄"이라는 시리즈를 만들면서 『오즈의 마법사』라든가 『이상한 나라의 앨리스』, 그리고 『나의 라임오렌지나무』나 〈라이온 킹〉 등의 판타지 소설과 애니메이션 작품의 일부를 인용하는 것도 상징계적 현실을 교란시키기 위한 시인의 전략이라고 할 수 있다. 다양한 판타지와 대중소설, 애니메이션을 시적 내용의 외곽에 배치함으로써 시적 공간에 환상과 현실이 교차하면서 현실에 허구와 환상이 틈입하는 형국을 조성하기 때문이다. 시인이 시적 발상을 주로 환상에 의존하고 있다는 사실은 꿈에 대한 다양한 활용이 그 한 예가 될 수 있을 터인데, "고구마를 먹는 꿈은 태몽 빵을 먹는 꿈은 길몽 파를 먹는 꿈은 흉몽 천장에 자몽을 그리고 잠들면 워워"라는 시의 제목이 꿈에 대한 시인의 관심과 열망을 암시해 주고 있다.

다른 하나는 마법과 마법사에 대한 경사를 지적할 수 있다. 시집의 곳곳에서 돌출하는 마법사와 마법의 이미지는 리호 시인이 환상의 시인이라는 사실을 표 나게 강조하고 있다. 시인은 직접 자신의 정체성에 대해서 "시를 쓰는 마법사인지 요리를 하는 마술사인지/내겐 깨지는 심장뿐인걸요"(「운세 좀 봅니다」)라고 하면서 시를 쓰는 작업이 요리를 하는 작업과 유사하며, 시인은 마법사와 마술사와 유사한 존재임을 암시해 놓고 있다. 리호 시인의 시적 문법은 '무엇은 무엇이고', '무엇은 무엇이 된다'는 구도를 띠고 있는 경우가 많은데, 이러한 시적 구도는 마법사의 문법이라고 할 수 있다. 다음 시가 마법과 마술로서의 리호 시의 시적 특성을 가장 잘 보여 준다.

> 닥닥 긁은 바닥으로 향기 나는 웃음을 만드는 마법사가 될래
> 고흐의 해바라기에 주술을 건다
>
> 달달한 야콘을 심는 황소, 꽃은 언제 필까
>
> 별은 신이 하늘을 내리쳐 떨어진 도끼밥
> 뿔은 변장한 코끼리의 어금니

자꾸 허기가 질 때는 눈 총총 썰어 넣은 차렵이불을 먹자
배가 고파 머리를 쓰다듬을 때마다 어금니에서 쏟아지는
여름

퀘나를 들고 폭신한 사각의 바다로 간다
뿔을 접고 모서리에 누워 아틀란티스를 부르자

마법의 모자를 눌러쓴 하얀 황소가 말을 거네
플라네타리움 켤 시간이야 이어폰을 꽂고
고깔모자 속에서 후루룩 날아오르는 상아 모양의 우주

매미 날개 곳곳 숨어 있던 불투명 별이 늘어지게 하품을
할 때

검은 망토 뒤에서 주술 풀린 웃음은 바닥에 야콘꽃을 그
려 넣고 있었지

―「플라네타리움 켜는 황소」 전문

플라네타리움(planetarium)이란 반구형의 천장에 설치된 스크린에 달, 태양, 항성, 행성 따위의 천체를 투영하는 장치로서 천구(天球) 위에서 천체의 위치와 운동을 설명하기 위하여 만들어진 기구를 말한다. 그러니까 플라네타리움

이란 거시적인 차원에서 우주의 운행과 이치를 투영하는 마법적인 장치라고 할 수 있으며, 제목인 "플라네타리움 켜는 황소"란 "마법의 모자를 눌러쓴 하얀 황소"라는 구절에서 알 수 있듯이 천체 우주의 운행을 이끌어 내는 신적인 능력을 지닌 마법사라고 할 수 있다.

플라네타리움을 켜는 마법사인 황소가 "주술을 건다". 그러면 "도끼밥"은 "별"로 변신하고, "코끼리의 어금니"는 "뿔"로 변신한다. 총총 내린 눈은 차렵이불이 되고, 어금니에서는 여름이 쏟아진다. 뿐만 아니라 안데스산맥의 원주민들의 피리인 퀘나를 불면 대서양에 있었다고 하는 전설상의 대륙인 아틀란티스가 떠오르고, 마법의 모자를 쓰고 망토를 입은 황소가 플라네타리움을 켜면 고깔모자 속에서 상아 모양의 우주가 날아오른다. 제우스가 백조로 변신하고 나르키소스는 수선화로 변신하듯이, 이 시의 시적 공간에서는 무엇이 무엇으로 변화되는 변신(metamorphosis)의 모티프가 주조를 이루고 있다.

주목되는 점은 이 시의 시적 공간을 가득 채우고 있는 것이 변신의 모티프만이 아니라는 점이다. 또 하나의 중요한 모티프는 "웃음"으로 표상되는 희극의 모티프이다. 시적 화자는 "닥닥 긁은 바닥으로 향기 나는 웃음을 만드는 마법사가 될래"라고 하면서 "웃음"을 유독 강조하고 있다. 그리고 시의 마지막 부분에서는 "검은 망토 뒤에서 주술 풀린 웃음은 바닥에 야콘꽃을 그려 넣고 있었지"라는 대목에서 다시 한 번 "웃음"이 강조되고 있다. 시적 전개 과정에서 처음에 피력한 "향기 나는 웃음을 만드는 마법사"가 되고 싶다는 소망이 "주술 풀린 웃음은 바닥에 야콘꽃을 그려 넣고 있었지"라는 대목에서 성취되고 있는 것을 볼 수 있다.

변신의 모티프가 웃음과 연관되어 있는 현상은 중요한 것처럼 보인다. 변신의 모티프라는 신화적 상상력이 작동하고 있는데, 신화란 중세의 종교적 엄숙함이 깃들기 이전의 인류가 지니고 있었던 명랑성을 환기하기 때문이다. 원죄라든가 지옥 등의 관념을 지니고 있지 않았던 고대의 낙천적 성격이 신화에 담겨 있다고 할 때, 그것과 연결된 "웃음"의 희극성은 엄숙한 상징계적 질서를 찢어 버리고 현실원칙의 자리에 쾌락원칙을 대신 앉힌다. 리호 시인의 시적 공간에 엄숙한 그늘이 없으며 대신에 쾌활하고 유쾌하며 삶의 에너지가 가득 차 있는 것은 이러한 메커니즘 때문일 것이다. 변신의 모티프가 극단으로 치닫게 되면, 현실은 있는 그대로의 현실이 아니라 어떤 다른 실재가 변신한 모습으로 비치는데, 여기에서도 명랑성이 주된 정조를 지니게 된다.

> 마법사가 여장한 헤라클레스가 되는 것은 곧 위장이다
> 마지막 단추 문양은 입 벌린 사자의 머리다
> 길게 늘어진 갈기는 황금빛 웨이브여야 한다

오늘 새벽 기상특보에 급히 추가된 법칙

타이거피시는 나는 새도 잡는다
물고기로 위장한 호랑이가 물빛을 낸다
꺾인 새의 날개는 바이올린이 위장한 활이다
활이 알몸으로 떨 때마다 새의 울음이 바다에 퍼졌다
황금 깃털이 반짝일 때 호랑이가 날카로운 이빨을 드러내며 날아올랐다

목울대를 건드린 현들의 열한 번째 제물

치즈로 가득 찬 N창고를 찾았어, 인생이란 길을 잃고 헤매기도 하고 막다른 길에서 좌절하기도 하는 미로와 같지
나는 허, 시간이 좀 걸리더라도 분노를 헤치고 올 헴을 기다리는 적도의 펭귄

눈 덮인 자작나무숲에 알비노 사슴 한 마리 펄펄 뛰어내린다
위장이 아닌, 혹여다
사람들은 간혹 혹여를 위장이라 믿었다
투명한 눈을 흰색으로 읽거나, 눈 모양의 테루테루보즈를 걸어 놓고 비가 그치기를 빌기도 했다

겨자색 망토를 걸치고 눈 내리는 광화문을 걷기로 한다
해바라기씨 듬뿍 든 호떡을 먹는 이들과 눈이 마주친다면
빨간 망토 차차가 위장한 것처럼
폭발적으로, 이빨을 드러내며 씩.

—「위장의 법칙」 전문

위장이란 본래의 정체나 모습이 드러나지 않도록 거짓으로 꾸미는 행동을 지칭하거나 또는 그런 수단이나 방법을 지칭한다. 시적 화자는 위장과 혹여(或如)는 엄연히 구별되어야 한다고 강조하며, 위장과 다른 혹여의 사례로 "알비노 사슴"을 제시한다. 알비노 사슴이란 신체의 일부 또는 전체에 색소가 없어져서 하얗게 변한 사슴인데, 눈 덮인 자작나무와 어울리면 그것은 보호색 역할을 할 것이다. 하지만 이는 어쩌다가 우연히 그리된 것이며, 우리의 눈을 속여서 혼란을 야기할 뿐으로 본래의 정체가 변한 것은 아니다. 위장이란 마법의 작용처럼 어떤 실체가 다른 실체로 변신해서 전혀 다른 면모를 지녀야 하기에 위장은 혹여와 구분되는 것이다. 시적 화자가 혹여가 아니라 위장의 중요성을 역설하는 것은 그것이 변신의 모티프를 지니고 있기 때문이다.

그러니까 위장의 관점에서 보면, 현실에 존재하는 모든 사물이나 현상들은 다른 존재와 현상이 짐짓 위장을 하고

있는 형국인 셈이다. 예컨대 "여장한 헤라클레스" 이면에는 "마법사"가 숨어 있고, "마지막 단추 문양"은 "입 벌린 사자의 머리"가 변해서 된 것이며, 물속에 존재하는 "타이거피시"라는 물고기 속에는 "위장한 호랑이"가 숨어 있다. 또한 새의 날개 속에는 "바이올린이 위장한 활"이 숨어 있는 식이다. 시적 화자는 이러한 변신의 모티프에 시적 논리를 부여하기도 한다. 타이거피시라는 물고기는 날아다니는 새도 공격해서 잡아먹는데, 호랑이가 변신해서 된 물고기가 아니라면 어찌하여 물고기가 새를 사냥할 수 있으며, 어찌하여 "타이거피시"라는 이름이 붙을 수 있느냐고 항변하는 식이다. 또한 새의 울음소리는 바다에 퍼져 가는데, 바이올린의 활이 위장되어 새의 날개가 되지 않았다면 어찌하여 그런 음악 소리가 새에게 날 수 있겠느냐고 반문하기도 한다.

이러한 위장의 현실에 참여하기 위해 시적 화자는 "겨자색 망토를 걸치고 눈 내리는 광화문을 걷기로 한다". 그리고 "빨간 망토 차차가 위장한 것처럼/폭발적으로, 이빨을 드러내며 씩" 웃는다. 겨자색 망토를 입은 현실의 화자는 요술나라에서 빨간 망토를 입고 마법을 연습하고 있는 차차의 위장인 셈이다. 그런데 이 시에서는 무슨 일이 일어난 것일까? 현실이란 어떤 숨은 실체가 위장한 것이며, 따라서 현실이란 실체로서 존재하는 어떤 존재의 가면이나 가상에 불과한 것이 되고 마는 게 아닌가? 현실이란 수많은 가상과 허구가 꿈틀거리는 마법의 현장으로 변모하고, 따라서 마법이 일상화된 것이 되고 마는 것이다. 이러한 시적 논리가 과장이 아님을 다음 작품이 확인해 준다.

왼손에는 유리막대 오른손엔 유리도토리를 쥐고 시선은 왼쪽으로 살짝 유리스럽게
불안한 탁자 위에 유리동전으로 북두칠성을 만들고 푸른 가방 속에 유리태양을 담고
무한대 유리모자 쓰고 들들 영화카메라 들들
기술자들 감시자들 내부자들들 여배우들들들 마법사들, 들들... 들들... 영화 필름처럼 매끈한 유리네모

유리자궁 입구에 떠돌이새싹이 돋고 살구씨 같은 유리풀이 자라고

별을 유리가 낳았나?

넌나에게모욕감을줬어/지치면지는거고미치면이기는거야/이런여우같은곰을봤나/이런애들이이럴때꼭늦게와야지가스타인줄안다 마법사들은 피식 웃지 손가락 끝으로

잠금장치 없는 입-펑
봉인 해제 하는 귀-펑

즉시 우는 눈의 유리앵무—펑펑

노란 구두에 갈색 구두약을 칠하고
검은 눈가에 붉은 립스틱을 그리고

왼손에는 다이아반지 오른손엔 컴퓨터용 사인펜 시선은 정면을 슬쩍 건방지게
투명한 탁자 아래 쇼핑백으로 지폐를 만들고 엔티크 가방 속에 홍시를 담고

들들,
들들,
뜨거운 초소형 영화카메라 속에서 은행 튀듯, 그들

—「마법사들」 전문

이 시에는 수많은 마법사들이 들끓고 있다. "기술자들 감시자들 내부자들들 여배우들들들 마법사들"이라는 구절에서 알 수 있듯이 주된 마법사들은 영화에 등장하는 배우들이다. 수많은 "들들... 들들..."이라는 구절에 주목해 보면, 이 세계는 수많은 마법사들이 횡행하면서 마법을 부리는 세계로서, 앞서 인용한 시의 관점에서 보면 그들은 가상의 현실을 통해서 현상적 현실을 창출하는 주체들이다. 현실이란 마법사들이 창출한 세계로서 어떤 다른 실체

들을 숨겨 놓고 있는 가상의 허구적 세계인 셈이다.

그런데 마법사들이 가상의 현실을 창출하는 수단은 "유리"라는 것을 알 수 있다. 이 시에는 수많은 유리들이 등장하는데, "유리막대", "유리도토리"를 비롯하여 "유리동전", "유리태양", "유리모자"들이 그들이다. 심지어 마법사들은 시선조차 "왼쪽으로 살짝 유리스럽게" 향하기도 한다. 유리가 모든 마법의 질료이자 형상이 되고 있음을 알 수 있다. 유리는 현실에 존재하는 모든 사물이나 현상의 궁극적 실체라고 할 수 있는데, "유리자궁"이라는 시어가 그러한 사정을 대변해 주고 있다. 시적 논리에 의하면 "유리자궁"의 입구에는 "떠돌이새싹이 돋고 살구씨 같은 유리풀이 자라"기도 한다. 시적 화자는 상상력을 발휘해서 "별을 유리가 낳았나?"라고 하는 데까지 나아간다.

그런데 유리와 관련된 어휘들을 유심히 살펴보면, 유리란 곧 가상의 현실을 창출하는 카메라의 렌즈, 혹은 영화카메라 그 자체를 의미하고 있음을 알 수 있다. "영화카메라 들들", "영화 필름처럼 매끈한 유리 네모"라든가 "뜨거운 초소형 영화카메라 속에서 은행 튀듯, 그들"이라는 대목을 보면 마법적 현상의 근원은 영화카메라 렌즈의 유리라는 것을 알 수 있는 것이다. 그러하기에 "별을 유리가 낳았나?"라는 의문은 확신으로 변할 수 있는데, 영화카메라는 수많은 은막의 스타(star)를 만들어 내고, 그들은 현실보다 더 실재적 힘을 지닌 현실로서 막강한 대중적 힘을 행사한다. 종교적 신봉의 우상이기도 한 그들은 새로운 현실을 창출하고, 그렇게 창출된 새로운 현실은 하나의 새로운 세계라는 점에서 새로운 “별”의 탄생에 비견할 만하다. 영화의 카메라는 새로운 환상과 현실을 창출하고, 그러한 것들로 구성된 새로운 세계를 창출한다는 점에서 진정한 “마법사”들이라고 할 수 있다.

이렇게 그녀의 작품들을 더듬어 보면, 리호 시인이 왜 수많은 동화나 판타지, 그리고 애니메이션에 집착하는지를 알 수 있다. 환상에 의지하는 그것들은 새로운 현실을 창출함으로써 기존의 현실을 대체하는 마법의 기능을 지니고 있기 때문이다. 앞서 분석한 것처럼 지구촌의 이질적이고 경이로운 지리적 풍모나 기괴하고 신비스러운 종족들의 풍습에 대해서 시인이 경탄의 시선을 보내는 것도 사실은 그것들이 마법의 특성을 공유하고 있기 때문이다. 기괴한 지리적 풍경이나 신비스러운 풍습은 꿈에서도 생각하지 못했고, 현실에서는 도저히 불가능할 것이라고 생각했던 현상들을 눈앞에 현현시키기 때문이다. 전복과 위반의 현상에 주목하는 것도 마찬가지다. 고정되고 정형화된 현실에서 벗어나 있거나 초월해 있는 전복과 일탈의 현상들은 현실 너머, 혹은 현실의 균열을 통해서 새로운 현실을 불러오는 마법의 기능을 지니고 있는 것이다. 마법과 환상에 의존하면서 새로운 현실을 꿈꾸는 리호 시인의 앞으로의 행보가 몹시 궁금해지는 이유이기도 하다.

리호 시인의 이번 시집에는 지금까지 분석한 기제 외에도 매력적이고 흥미로운 모티프들이 넘쳐나고 있다. 자잘한 일상의 차원을 갑자기 우주적 현상으로 비약시키는 천체, 우주적 상상력, 그리고 블랙홀과 화이트홀, 웜홀 등으로 표상되는 자연과학적 원리와 법칙의 활용 등도 시인의 시적 색채를 독특한 것으로 만들고 있다. 마지막으로 중요한 요소 가운데 하나가 소리와 음악에 대한 경사라고 할 수 있는데, 수많은 화음과 소리에 대한 관심은 시인의 중요한 시적 관심사로서 주변적인 요소라고 하기 어려울 정도로 중요한 기제로 작동하고 있다. 이러한 요소들에 대한 분석은 다른 지면을 기약한다.

시인수첩 시인선 035
기타와 바게트

초판 1쇄 발행 2020년 6월 5일
초판 2쇄 발행 2020년 7월 15일

지은이 | 리호
발행인 | 강봉자 · 김은경

펴낸곳 | (주)문학수첩
주 소 | 경기도 파주시 문발로 214-12(문발동 511-2) 출판문화단지
전 화 | 031-955-4445(대표번호), 4500(편집부)
팩 스 | 031-955-4455
등 록 | 1991년 11월 27일 제16-482호

홈페이지 | www.moonhak.co.kr
블로그 | blog.naver.com/moonhak91
이메일 | moonhak@moonhak.co.kr

ISBN 978-89-8392-821-4 03810

「이 도서의 국립중앙도서관 출판예정도서목록(CIP)은 서지정보유통지원시스템 홈페이지(http://seoji.nl.go.kr)와 국가자료공동목록시스템(http://www.nl.go.kr/kolisnet)에서 이용하실 수 있습니다.(CIP제어번호: CIP2020018429)」

* 파본은 구매처에서 바꾸어 드립니다.